자유롭고 가슴 뛰는 삶을 위한
경로 이탈 에세이

유랑하는
자본주의자

유랑쓰 임현주 지음

KB208129

닷북

차례

1장
✦
죽은 물고기만이
물결을 따라 흘러간다

2장
✦
먹고사는 일의 기쁨과 슬픔

유랑하는 자본주의자

3장

나와 다른 사람들과 살아가는 법

4장

이 인생은 '진짜'다

작가의 말

남들은 부럽기만 하다는 청춘의 한복판, 20대의 나는 내가 아닌 다른 사람의 인생을 살고 있는 것 같다는 생각을 자주 했다. 내 인생이 꼭 사회라는 거대한 공장에서 비슷한 모양, 비슷한 퀄리티로 찍혀 나온 공산품처럼 느껴졌다.

그 삶은 내 것이 아니었다.

흰색 물감과 빨간색 물감을 어느 정도의 비율로 섞느냐에 따라 라이트핑크, 베이비핑크, 파스텔핑크, 스트로베리핑크 등…… 수십 혹은 수백 가지의 서로 다른 색이 만들어진다.

같은 색도 무엇과 섞이는지에 따라 수만 가지 색이 만들어지는데, 어떻게 한 인간이 수만 가지 사건과 환경을 겪으며 정형화된 길을 걸을 수 있을까? 그러니 인생이라는 건 성공과 실패 양갈래로 나뉘는 것이 아니라, 나만의, 당신만의, 우리만의 색을 써서 만드는 고유한 예술작품과 같다.

우리는 흔히 삶을 말할 때 '주어진 삶'이라는 표현을 쓰곤 한다. 하지만 삶이라는 건 어떤 식으로 살라고 누군가가 규정할 수 있는 것이 아니다. 오히려 미술 시간에 '빈 도화지' 한 장을 나눠 받는 일에 가깝다. 흰 도화지 위에 나를 그려도 보고, 지워도 보고, 그렇게 시행착오를 겪어가며 오롯이 혼자만의 방식으로 작품을 만들어 나가는 일이다.

내가 결혼한 지 1년도 되지 않아 집과 신혼 살림을 처분하고 세계 여행을 떠난 건, 세상의 요구가 아닌 나의 욕구대로 살아보겠다는 처절한 몸부림이었다. 부모님, 친구, 직장, 사회가 그려준 모범적인 도안은 이만 제쳐두고, 내게 새 도화지 한 장만 더 내어줄 순 없는지 세상을 향해 물음표를 던지는 일이었다.

물음표 가득한 유랑길에서 나는 한 가지 답을 찾았다.

세상에는 무수히 많은 답이 있다는 '답'을.

그저 뻔하고 진부하게 들릴 이야기라는 걸 안다. 하지만 텍스트로만 세상을 배워온 내가 텍스트 밖의 길을 직접 걸으며 배운 것은 정답도 오답도 없는 세상, 그게 바로 삶이라는 것이었다.

인생은 버티고 견뎌내는 것이 아니라, 내가 선택한 대로 길을 만들어가는 여정이다. 그저 살아 있는 사람이 아니라 생생하게 살아가는 사람이 되기를, 오늘도 나는 소망한다.

이 책은 여전히 쓰여지고 있다.

2024년 10월,
임현주

1장

*

죽은 물고기만이
물결을 따라 흘러간다

포기하는 사람은
절대 승자가 되지 못한다는 말이
틀렸다는 걸 증명해 보이고 싶었다.
'포기'에 대한 사회의 냉혹한 시선,
'포기하지 않음'에 대한 관대한 시선에
작은 조약돌이나마 던져보고 싶었다.

어른의 행복

일요일 저녁이면 항상 틀어놓던 TV 프로그램이 있었다. 〈효리네 민박〉. 제주도 시골 마을에 이효리, 이상순 부부가 민박집을 열고, 각자 다른 사연을 지닌 게스트들을 맞이하여 겪는 소소하고 잔잔한 내용을 담은 프로그램이었다.

보는 것만으로 힐링을 안겨주는 그 프로그램이 시작할 시간이면 이상하게도 불안하고 우울한 마음이 몰려들기 시작했다. 파블로프의 개에게 식사 시간을 알려주듯 내게 곧 월요일이라는 사실을 직시하게 만드는 종소리 같았다.

평소와 다를 바 없는 어느 일요일 저녁이었다. 어김없이 〈효리네 민박〉은 끝이 났고, 남편은 불을 끄고 잠자리에 들 준비를 했다. 나는 이상하게도 그날만큼은 잠들고 싶지 않았다. 머리가 베개에 닿자마자 잠들어 버린 남편을 두고 혼자 거실에 나왔다.

식탁 의자에 털썩 앉아 밀려오는 수십 가지 생각을 하나씩 곱씹어 봤다. 30분쯤 흘렀을까. 꼬리에 꼬리를 무는 생각들이 이윽고 하나의 답에 이르렀다.

'나는 불행해.'

월화수목금토일, 일주일 중 내가 살아 있는 순간은 주말 딱 이틀뿐이었다. 열심히 공부해서 취업하고, 좋은 사람을 만나 결혼하면 행복해진다는 어른들의 가르침대로 충실히 살아왔는데, 정작 어른이 된 나는 행복하지 않았다.

나는 서울교육대학교에서 초등교육을 전공했고, 졸업하자마자 교사 생활을 시작했다. 교사라는 직업은 내게 두 사이즈 이상 작은 옷을 입은 것처럼 갑갑했고, 임용과 동시에 이 길이 내 길이 맞는지에 대한 고민이 시작되었다.

어쩌면 내 역량이 부족해서 일에 적응을 못 하고 있는 건 아닐까 의심이 들었던 적도 있었다. 덕분인지 때문인지 나는 부족한 역량을 채워보려고 대학원 진학이라는 잘못된 선택을 해버렸다. 그 선택은 적성에 맞지 않는 분야에서 가방끈만 길어지는 웃기지만 슬픈 결과를 낳았고, 자괴감만 더해졌다.

사실 처음부터 알고 있었던 것 같다. 내가 힘든 진짜 이유는 부족한 능력 때문이 아니라 교사라는 일 자체가 하고 싶지 않아서라는 걸. 그럼에도 오랜 시간 그 사실을 외면한 건 퇴직 이후의 삶에 대한 불안 때문이었다.

내가 졸업한 교육대학교는 오로지 교사가 되기 위한 교육을 받는 특수목적대학이라서, 4년의 과정은 학생 지도 역량을 기르는 데 집중되어 있다. 그 말인즉슨 대학교 4년, 대학원 2년, 6년이라는 시간을 투자한 모든 노력이 교사를 그만두는 순간 무용지물이 된다는 뜻이기도 했다. 그러니 그간 쌓아온 모든 커리어를 쓸모없게 만드는 사직이 앞으로의 인생에서 가장 큰 오점이 되는 게 아닐까 오래 고민할 수밖에 없었다.

또 10년, 20년 뒤 동료들이 대기업 연봉에 견줄 만한 급여를 받을 때, 그들과 나 사이에 생길 격차가 두렵기도 했다. 나는 무엇도 되지 못해 지난날의 선택을 후회할 때, 대학 동기들은 정년퇴직 후 든든한 연금을 받으며 평안한 노후를 보내는 끔찍한 상상도 계속됐다.

6년의 시간은 나에게 '교사 인생'을 위해 투자한 매몰 비용이었다. 무언가를 선택할 때 매몰 비용은 중요한 근거가 되곤 한다. 그만큼 무언가를 포기할 때는 매몰 비용이 굳게 발목을

잡는다는 뜻이다. 하지만 나는 선택의 기로에 설 때 매몰 비용에 너무 큰 비중을 두지 말라고 말하고 싶다.

돌이켜 보면 6년을 투자했다는 게 뭐가 그리 중요했을까? 인생은 지금, 그리고 앞으로 무엇을 하고 싶은가에 달려 있다. 현재 무엇을 하고 싶은지에 집중했다면, 과거에 대한 아쉬움과 미래에 대한 불안에 시달리지 않고 오롯이 현재에 집중했다면, 어쩌면 선택은 더 쉬웠을지도 모른다.

언제까지 일어나지도 않은 상황에 대한 최악의 시나리오만 짜고 있을 수도 없는 노릇이었다. 고민의 실타래를 내 손으로 풀어낼 수 없다면, 칼을 들어서라도 잘라낼 결단이 필요했다. 그 결단은 앞으로 내가 추구할 행복을 정의하는 것에서 시작되었다.

이석원 작가는 『나를 위한 노래』에서 세상의 행복을 두 가지로 분류하는데, 하나는 어른의 행복, 또 하나는 아이의 행복이다. 아이들은 신나고 재미있으면 행복해하지만, 어른들이 행복해지려면 일단 고통이 없어야 한다고 말한다.

이를테면 먹고살기 위해 긴 하루를 보내다가 마침내 밤에 불을 끄고 자리에 누웠을 때 근심이나 걱정, 불안과 같이 마음에 걸리는 것이 하나도 없는 상태를 행복이라 부른다는 거다. 아이들이 재미와 즐거움을 찾아 세상을 헤맬 때, 어른들은 그저 걱정, 불안, 고통이 없는 상태에 놓이는 것만으로도 행복하다고 느낀다. 이런 이유로 그는 어른이 행복해지기 위해서는 먼저 자신이 겪고 있는 고통을 세밀하게 들여다보아야 한다고 조언한다.

그의 조언대로 나도 '어른의 행복'을 좇아보기로 했다. 더 이상 새드 엔딩의 시나리오를 쓰는 일은 하지 않고, 내 안의 고통에 집중해 보기로 했다. 펜을 들어 내가 처한 상황을 아리스토텔레스의 삼단논법에 맞춰 떠오르는 대로 적어봤다.

대전제: 어른의 행복은 고통이 없는 상태를 말한다.
소전제: 학교는 나를 고통스럽게 만든다.
결론: 나는 학교를 떠나야만 행복해질 수 있다.

아리스토텔레스의 할아버지도 웃고 갈 엉터리 논증이었지만, 결론만큼은 명확했다. 현재의 고통을 없애고 편안한 상태에 놓이기 위해서 내가 할 수 있는 유일한 선택은 학교를 떠나는 일이었다.

독일의 작가 롤프 도벨리는 『불행 피하기 기술』이라는 책에서 인간이 행복해지기 위해서는 행복해질 방법을 찾는 것보다 불행을 피할 방법을 찾는 것이 오히려 더 현실적인 해결책이라 말한다. 하지 않아야 하는 것을 안 할 때 삶이 더 풍성해진다는 말인데, 여기서 문제는 무엇을 하려고 노력하는 것보다 하지 않아야 하는 일을 안 하는 것이 더 어렵다는 거다.

나 역시 그랬다. 교사가 되기 위해 노력하던 때보다 그 일을 하지 않기 위해 고민했던 지난날이 곱절은 힘들었다. 그렇지만 이젠 용기를 낼 수 있을 것만 같았다. 어른의 행복에는 포기가 필요하다는 걸 배웠으니까.

사실 하고 싶지 않은 일을 안 하기 위해서는 본인의 능력이 중요하다. 어른은 하고 싶은 일 한 가지를 위해서 하기 싫은 일을 열 가지는 해야 하는 법이다. 하기 싫은 일들을 거부하고 싶다면, 그러고도 충분히 풍요롭게 살 능력이 필요하다. 영세중립국인 스위스가 자국의 안전을 지키기 위해서 일정 수준 이상의 군대를 유지하는 것처럼, 내 방어막이 되어줄 수 있는 건 결국 능력뿐이다. 나는 당시 결심이 확실히 섰고, 용기로 내 길을 개척할 수 있다는 걸 보여주고 싶었다.

누군가는 가던 길을 중도에 포기하는 것이 실패로 향하는 유일하고 확실한 방법이라 말할지도 모르겠다. 그간의 커리어를 내려놓는 일이 철저히 실패한 삶처럼 보일 수 있다는 것도 잘 알고 있다. 하지만 포기하는 사람은 절대 승자가 되지 못한다는 말이 틀렸다는 걸 증명해 보이고 싶었다. '포기'에 대한 사회의 냉혹한 시선과, '포기하지 않음'에 대한 관대한 시선에 작은 조약돌이나마 던져보고 싶었다. 때로는 적절한 시점에 포기하는 용기가 필요하다는 걸, 어쩌면 지금도 나와 같은 고민을 하고 있을 사람들에게 말해주고 싶다.

"무언가를 더 많이 하는 것이 삶을 풍성하게 만드는 게 아니라, '하지 않는 것', '절제하는 것'이 삶을 풍성하게 만든다.

– 롤프 도벨리, 『불행 피하기 기술』, 인플루엔셜

9년 차 초등교사, 사직서를 내다

30분 전에 갓 뽑은 사직서 한 장을 들고 교무실로 내려갔다.

"교감 선생님, 드릴 게 있습니다."

"네, 잠깐만요, 선생님."

서류 작성으로 눈코 뜰 새 없이 바쁜 교감 선생님은 여전히 책상 가득 쌓여 있는 서류에 시선을 고정한 채, 사무적인 인사만 건넬 뿐이었다.

3분쯤 흘렀을까, 하던 일을 마치고 고개를 들어 내 손에 들려 있는 사직서를 보신 교감 선생님은 10초간 멍하니 계셨다. 교직 경력이 수십 년이시겠지만 퇴직이 한참 남은 평교사에게서 '사직서'를 받아볼 일은 흔치 않다는 걸, 나 역시 잘 알고 있었기에 예상 못 한 반응은 아니었다.

초등학교 5학년인 우리 반 여학생들과 견주어도 비슷하리만치 여리여리한 교감 선생님의 몸이 책상 의자에서 멀어지며 내 손을 꼭 잡으셨다.

"임 선생님, 사회생활을 하다 보면 누구나 힘든 시기가 찾아와요. 요즘 많이 힘들어서 그래요?"

"아니요, 교감 선생님, 저는 일을 그만두고 세계여행을 떠날 거예요."

길게는 60일의 방학이 있는 교사의 입에서 여행을 가기 위해 사직서를 낸다는 말이 나오자, 교감 선생님은 본인이 들은 이야기를 믿을 수 없다는 듯 재차 물으셨다.

"남편이 동의했어요? 남편은 임 선생님이 그만두지 않길 바랄 수도 있어요."

"남편은 이미 퇴사를 했고, 같이 떠날 예정이에요."

교감 선생님은 당황스러운 기색을 숨기지 못하며 또 한 번 물으셨다.

"무슨 돈으로 가요? 남편이 돈이 많아요?"

"아뇨. 그동안 벌고 모아놓은 돈으로 갑니다."

그럼 다녀와서는 뭘 할 거냐는 질문에 나는 답했다.

"아직은 잘 모르겠어요. 그때 가서 생각해 보려고요……."

더 이상의 회유는 힘들 거라 생각하셨는지, 각오했던 것과는 달리 교감 선생님과의 면담은 10분도 채 되지 않아 끝이 났다.

여행을 떠나기 위해 일을 그만두겠다고 했던 건 사실 거짓말이었다. 꼭 이루고 싶은 꿈이나 거창한 목표가 있는 것도 아니었다. 그저 교사라는 직업이 적성에 맞지 않았고, 하고 싶지 않은 일을 꾸역꾸역 참아가며 해내기가 점점 버거워져 더 이상 지속할 수 없다는 판단이 들었을 뿐이다. 하지만 듣는 귀가 많은 교무실에서 사직서를 낸 진짜 이유에 대해 말하고 싶지는 않았다.

지금껏 부모님, 선배, 지인들에게 적성에 맞지 않아 일을 그만두고 싶다는 말을 수도 없이 해봤지만, 그럴 때면 마치 '1+1=2'라는 공식처럼 똑같은 대답만 돌아왔다. 적성에 맞아서 일하는 사람이 몇이나 될 것 같냐고, 돈을 벌어야 하니까, 먹고살아야 하니까 다들 참고 사는 거라고 했다.

다들 그렇게 사는 거라는 대답은 그렇게 살아와서 불행했고, 그렇게 살고 싶지 않아 발버둥 치고 있는 나에게 사형 선고와도 같았다. 사직서를 내는 순간만큼은 뻔한 레퍼토리를 듣고 싶지 않았다. 그래서 선택한 답이 세계여행이었다. 수차례 사형 선고를 받고 확인 사살을 당하는 편보다는, 현실감 없이 낭만을 좇는 이상주의자가 되는 쪽을 택하기로 했다.

그렇게 오랜 고민 끝에 내민 사직서는 짧은 면담 몇 분 만에 교무실 책상 위에 놓일 수 있었다. 9년간의 교직 생활 동안 그만두는 상상을 수도 없이 해왔는데, 그 상상이 마침내 실현되는 순간이었다.

교실로 돌아와 얼마 후면 다시는 앉지 못할 교사용 의자에 털썩 앉았다. 불과 몇 분 전 일어난 일은 오랫동안 머릿속에서 시뮬레이션만 하던 일이었는데 결국 해내고 만 거다.

상상 속에서만 일어나던 일들이 현실화되면 어떤 기분일까 궁금해한 적이 있었다. 기쁨일까, 혹은 슬픔? 후회? 걱정? 불안? 생각했던 이러한 감정들은 내 안에 없었다. 분명 슬프지 않은데 이상하게도 눈물이 흘러내리기 시작했다. 난생처음 겪는 감정이었다. 애증이라는 감정은 이럴 때 쓰라고 붙은 이름이었을까.

결국 폭발하는 감정을 억누르지 못하고 교실 복도를 등지고 프린터기를 부여잡은 채 눈물을 죽죽 흘렸다. 눈물인지 콧물인지 분간이 안 갈 만큼 몸속 수분이 다 빠져나갔고, 코가 꽉 막혀 입으로 숨을 쉬어야 할 지경이었다.

그때 갑자기 프린터기 위에 두껍게 쌓인 먼지가 눈에 들어왔다. 나는 고민할 틈도 없이 눈물 콧물을 닦아 축축해진 휴지로 프린터기 위에 쌓인 먼지를 훔쳐냈다.

'풉……'

갑자기 웃음이 터져 나왔다. 이런 상황에서도 입안으로 먼지가 들어갈까 봐 청소를 하는 내가 우스웠다. 그 순간 '아, 나는 어떻게든 잘 살아내겠구나'라는 생각이 스쳐 지나갔다. 아무리 생각해도 프린터기 위의 먼지를 보고 어떻게 잘 살겠구나라는 희망찬 결론으로 귀결 지었는지는 잘 모르겠다. 그저 깨끗해진 프린터기를 보며 다짐했다.

이제 시작인 거라고. 내가 나로 태어나 내 마음대로 살아볼 시간이 드디어 주어진 거라고. 지금 한 선택은 또 다른 세상으로 가기 위한 방향 전환일 뿐이라고…….

지금껏 내 인생은 스케치 다 된 도화지 위에 타인이 정해준 색깔만 칠한 수동적인 삶이었다. 암묵적으로 사회가 좋다고 가리키는 대로, 어른들이 가르쳐준 방향대로 어떻게 하면 자본주의 사회에서 굶어 죽지 않고 부모로부터 독립해 밥벌이할 수 있는지, 정답 없는 세상에서 마치 정답이 있는 양 그 길만을 따라 살아왔다. 왜 누구도 내 삶의 주인은 나라고, 사회가 용인하는 길이 아니라 내가 원하는 모습대로 살아가라고 이야기해 주지 않았는지, 원망 아닌 원망도 했었다.

그날로서 나는 다시 새하얀 도화지가 되었다. 아무것도 그려
져 있지 않은 백지 위에 스케치해 본 경험이 없어서 어디서부
터 그려 나가야 할지 도무지 모르겠지만, 적어도 이거 하나만
큼은 알았다.

백지는 0이 아닌 무한한 가능성의 시작일 뿐이라는 것.

그래서 나는 떠나기로 했다. 새하얀 도화지 위에 그려 나갈
진짜 나를 찾아서.

비울수록 채워진 것들

호기롭게 사직서를 내고 집으로 돌아왔지만, 이제 출근을 안한다는 사실 외에 달라진 건 딱 하나, 더 이상 통장으로 월급이 들어오지 않을 거라는 불편한 진실뿐이었다. 모든 선택에는 대가가 따른다. 선택에 따른 대가를 스스로 온전히 책임졌을 때야말로 옳고 그름의 가치 판단에서 자유로워질 수 있다.

퇴사도 예외는 아니었다. 직장을 그만두길 택했으니, 그 대가를 치러낼 차례였다. 매도 먼저 맞는 것이 낫다고, 곧 들이닥칠 후폭풍을 앉은자리에서 기다리기보다는 하루라도 빨리 내선택에 책임을 지기로 마음먹었다.

어디서부터 대가를 치러야 할지 주위를 둘러봤다. 이 일을 하지 않아서 내가 포기해야 하는 건 뭐가 있을지, 눈앞에 보이는 것들을 하나씩 적어 나갔다.

에어컨, 식탁, 소파, TV, 소품과 옷가지……. 꼭 필요하지도 않고 잘 사용하지도 않는 잡다한 물건부터 남에게 보여주려는 허영심에 샀던 사치품까지, 하기 싫은 일을 해서 번 돈으로 샀던 온갖 물건이 눈에 들어왔다.

저것들이 다 무슨 의미가 있지?

그동안 내가 아등바등 가지려고 했던 것들이 고작 이런 거였나?

갑자기 스스로가 한심하게 느껴졌다.

비싼 외제 차를 산 지인들에게서 흔히 듣는 이야기가 있다. '승차감'보다 '하차감'이 좋다는 말인데, 차에서 내릴 때 받는 부러움의 시선이 비싼 자동차를 사게 만든 가장 큰 이유라는 거다.

할부에 허덕이면서도 타인의 시선 때문에 외제 차를 고집하는 사람들을 보며, 분수에 맞지 않는다는 이유로 마음속으로 혀를 끌끌 찼던 적이 있다. 그런데 그들을 욕할 자격이 과연 나한테 있었을까?

보이는 정도의 차이만 있었을 뿐, 나 역시 남의 시선에서 자유로운 사람은 아니었다. 신혼집은 빌라보다는 아파트여야 하고, 30평은 되어야 하며, 외제 차까진 아니더라도 적당한 자동차는 끌어야 결혼 못했다는 소리는 안 듣지 않을까 하는 속물 같은 생각의 결과물이 바로 내가 살고 있는 집이었으니까.

러셀 로버츠의 『내 안에서 나를 만드는 것들』이라는 책에서는 "인간의 삶이 비참하고 혼란스러운 가장 큰 이유는 소유물이 곧 나 자신이라고 착각하기 때문"이라고 말한다.

어쩌면 나도 '나다움'이라든지 '나답게 사는 것'보다는 남들 눈에 비칠, 나를 에워싼 물건이 나라는 사람을 대변해 준다고 착각했을지도 모르겠다. 고가의 물건에 대한 갈망, 더 좋고 더 많은 걸 가져야 인정받는 사회에서 그걸 소유한 내 모습이 진짜 나라는 허영심 때문에 하기 싫은 일을 억지로 해가며 나를 갉아먹고 있었던 건 아닐까? 과연 내가 살고 있는 이 집에 오직 나를 위해 선택한 나다운 물건은 얼마나 될까?

그렇게 거실에서 한참 동안 고민하고 나니 그제야 내가 포기해야 하는 것들과 포기함으로써 얻게 될 것들이 보이기 시작했다.

가지고 있는 것을 비워내고 더 가지려 들지 말 것.

당장의 생활에 필요 없는 물건은 과감하게 버리고 불필요한 소비는 하지 않을 것.

매일 출근하기 싫다는 말을 입에 달고 살면서도 출근할 수밖에 없었던 이유로부터 자유로워질 수 있는 유일한 방법이었다.

그날 이후 신혼집을 꽉 채운 살림살이를 남편과 함께 하나둘씩 처분했다. 구매한 지 1년도 되지 않은 냉장고, 세탁기, 에어컨은 구입한 가격의 반쯤으로 중고 거래 사이트에 올렸고, 운 좋게도 대형 가전을 한꺼번에 사고 싶다는 구매자를 만나 큰 짐을 빠르게 처분할 수 있었다. 단독으로 팔기 애매한 잡다한 살림은 지역 카페에 글을 올려 나눔을 하거나 천 원, 2천 원 단위의 헐값에 팔았는데, 살 땐 비싸지만 팔 땐 똥값이 된다는 말을 온몸으로 경험한 순간이었다.

더 큰 문제는 나눔조차 하지 못한 물건들이었는데, 주인을 만나지 못한 물건은 종량제 쓰레기봉투나 분리수거함에 버려질 수밖에 없었다. 물건을 하나씩 버릴 때마다 별생각 없이 소비했던 과거가 떠오르면서, 그것들이 업보가 되어 돌아오고 있는 것 같다는 죄책감이 들기도 했다.

하지만 다행히도 죄책감보다는 가벼움이 컸다. 꽉 차 있던 집이 비워지는 모습을 보면서 물속에서처럼 꽉 막혀 있던 숨통이 호흡기를 단 듯 트이기 시작했다.

불교에서는 머리카락을 속세와 잡다한 번뇌를 상징하는 것으로 여겨서, 스님들은 수행에 집중하기 위해서 삭발을 한다고 한다. 불교에서 머리카락이 상징하는 바가 나에겐 주변을 둘러싼 물건들이었다. 물건을 하나씩 처분하면서 나를 둘러싼 온갖 껍데기를 모두 벗겨내고 '온전한 나'라는 씨앗만 마주하게 되니, 뭔지 모를 통쾌한 기분까지 들면서 작은 희망 같은 것이 가슴 한편에 차올랐다.

그런데 채워진 건 희망만이 아니었다. 가전과 가구를 사느라 1년 전에 지출했던 카드값이 중고 거래로 번 돈 덕분에 채워지기 시작한 것이다. 200만 원을 주고 산 에어컨을 반도 안 되는 가격에 팔았으니 길게 보면 손해였지만, 당장의 통장 잔고가 지난달보다 풍성해진 탓에 짧게 보면 돈을 번 것처럼 느껴지기도 했다.

집을 비울수록 통장 잔고가 채워지는 아이러니함에 취해 열심히 중고 거래를 하다 보니, 어느새 집 안에는 작은 박스 여섯 개에 들어갈 만큼의 짐만 남았다. 30평짜리 아파트에 사과 박스 여섯 개만 남아 있는 모양새라니, 예전 같았다면 빈 공간을 어떻게든 채워 넣을 생각에 신이 났을 테지만 둘 다 백수가 되어버리고 나니 놀고 있는 공간을 그대로 둘 필요가 없었다. 오히려 줄이는 게 마땅했다.

짧은 회의 끝에 나와 남편은 최소한의 짐만 들고 30평짜리 아파트를 떠나 9평짜리 풀옵션 오피스텔로 이사 가기로 결정을 내렸다. 집을 차지하던 짐이 사라지니 더 이상 큰 집이 필요치 않았고, 그저 성인 남녀 두 명이 편히 누울 수 있는 깨끗한 공간이면 충분했다. 그렇게 우리는 신혼집의 4분의 1로 작아진 오피스텔에 살게 되었다.

좁은 공간에 살면 사는 사람의 마음까지 좁아진다는 말을 어디에선가 들었지만 우리는 예외였다. 이 공간을 발판 삼아 앞으로 어떤 일을 벌일 수 있을지 기대감에 가슴이 두근거리기 시작했고, 작아진 집의 크기만큼 발목에 찬 족쇄가 가벼워지는 것 같은 기분이 들었다.

작은 집으로의 이사는 계좌를 더 풍요롭게 만들어주기도 했다. 아파트 전세금으로 묶여 있던 큰 액수의 돈이 통장으로 이체된 것이다. 분명 당장은 가난해질 각오로 저지른 일이었는데, 아이러니하게도 늘어나 버린 통장 잔고 덕에 전보다 부자가 된 것 같은 기분 좋은 착각마저 들었다.

또다시 남편과 대책 회의에 들어갔다.
"자, 이제 이 돈으로 뭘 하지?"

인간의 삶이 비참하고 혼란스러운 가장 큰 이유는 소유물이 곧 나
자신이라 착각하기 때문이다.
–러셀 로버츠, 『내 안에서 나를 만드는 것들』, 세계사

과연 내가 살고 있는

이 집에 오직 나를 위해 선택한

나다운 물건은 얼마나 될까?

경제적 자유

하고 싶지 않은 일을 안 할 때 삶은 풍성해진다고들 하지만 통장 잔고만큼은 풍성해지지 않는다. 전 세계 모든 예비 퇴사자의 발목을 붙잡는 것은 '돈'이다. 돈돈돈······. "어떻게 벌래? 뭐 해 먹고 살래?"라는 질문에 삶의 풍성함 따위는 절대 답이 될 수 없다.

대학교 입학과 동시에 나는 부모님으로부터 경제적으로 일부 독립했다. 등록금을 제외한 통신비, 식비 및 생활비는 과외를 해서 충당했다. 내가 다닌 서울교대는 강남 한복판에 있는데, 위치 덕에 서초, 방배, 압구정 등에 사는 부유한 가정의 자녀들을 가르치는 보수 높은 과외가 많이 들어왔다. 덕분에 압구정에서 집값이 가장 비싸다는 아파트에 가보기도 하고, 유명 연예인 자녀를 가르치는 선배의 흥미진진한 후일담도 들을 수 있었다. 학생의 성적이 좋은 달엔 후한 보너스를 받기도 했고, 명절이 끼어 있는 달에는 더 높은 과외비를 받았다.

좋은 점만 나열했지만 아무리 좋은 여건의 과외라 하더라도 놀이가 아니라 '일'이라는 사실이 달라지는 건 아니었다. 부자 동네에서 가장 비싸다는 집에 들어가 보는 일도, TV에서만 보던 연예인을 학생의 부모로 만나는 일도, 익숙해지면 돈을 벌기 위한 노동 이상도 이하도 아니었다.

대학교에 입학하면 알아서 벌어 쓰라는 부모님의 뜻이 있었던 것도, 누가 시켜서 했던 일도 아니었지만 그럼에도 돈을 벌기 시작한 가장 큰 이유는 부모님의 간섭으로부터 자유로워지고 싶어서였다.

대학교에 갓 입학한 나는 동아리 친구들과 밤늦게까지 술을 마시고 파티하는 것을 좋아했고, 밤새도록 클럽에서 놀다가 아침이 밝아서야 귀가할 정도로 노는 데 열정 가득한 스무 살이었다.

부모님은 당시의 나를 이해하지 못하셨고, 시간이 갈수록 마찰은 커져만 갔다. 안전한 울타리 속에서 학교, 집, 학교, 집만 반복하며 순종적으로 살아오던 내가 고등학교 졸업과 동시에 고삐 풀린 망아지가 되어가는 모습을 부모님은 인정하지 못하셨던 것 같다.

대한민국에서는 만 19세 이상을 성인으로 인정하고 있고, 성인이 된 이후에는 합법적으로 술을 마실 수도, 부모의 동의 없이 결혼할 수도 있다. 법적 기준에 따르면 나이만 먹어도 성인으로 인정받지만, 부모님께 나라는 존재가 더 이상 판단 능력이 불완전한 미성년자가 아님을 인정받는 건 그보다 훨씬 어렵다.

결국 당시 내가 부모님으로부터 자유로워질 수 있는 가장 빠른 방법은 경제적인 독립이었다. 부모님이 주는 돈은 받으면서 내 멋대로 행동하는 것은 이율배반적이고, 성인으로 인정받기 위해서는 스스로 벌어 쓰는 경제적 자립이 필요하다고 판단했다.

'내가 벌어서 내가 쓴다'는 명제는 자유와 동시에 먹고사는 문제를 스스로 해결해야 한다는 책임을 뜻하기도 했다. 부모로부터 독립하는 순간 더 큰 책임감 안으로 들어간 것이다.

그렇게 조금씩 자유의 울타리를 넓혀가던 나는 어엿한 사회인이 되면서 더 답답해졌다. 평생 굶어 죽지 않을 안정된 직업을 얻었지만, 역설적으로 월급의 굴레에 갇혀버린 셈이었다.

경제적 독립은 굶어 죽지 않기 위해 끊임없이 일해야만 하는 비자유를 의미한다는 진실을, 그제야 깨닫게 된 거다. 열심히 공부해서 대학에 입학하고, 졸업 후 임용고시에 합격해 내가 쟁취한 것은 결국 완전한 자유가 아닌 또 다른 구속으로 향하는 길이었다.

23년이라는 긴 시간을 한 줄기 빛을 향해 달려왔는데, 그 빛이 어둠을 밝혀줄 환한 태양이 아니라 언제 꺼져도 이상하지 않을 희미한 불씨였다는 진실을 맞닥뜨렸을 때의 충격이란 아직도 잊을 수가 없다.

하이 리스크, 하이 리턴

교사의 월급은 명확히 정해져 있다. 200만 원 언저리부터 시작해서 5년, 10년, 20년 뒤에 내가 받을 월급의 스펙트럼은 네이버 검색창에 검색만 해봐도 엑셀 파일에 정리되어 나올 정도로 눈에 뻔히 보였고, 그 삶은 경제적 자유와는 거리가 멀어 보였다.

어쩌면 갓 스무 살 먹은 과외 선생이 되어 부잣집 자녀들을 가르치던 그때부터 나는 알고 있었던 것 같다. 아르바이트비나 월급만으로는 내가 원하는 자유로운 삶을 살 수 없을 거라는 사실을.

그래서였을까. 친구들이 과외나 아르바이트로 번 돈을 은행 예금에 넣어둘 때, 나는 항상 공격적인 투자 상품에 가입하는 편을 택했다. 당시 가입했던 상품은 고수익 고위험군의 펀드였는데, 생애 첫 투자였던 그 펀드는 500만 원이 6개월 만에 200만 원이 되면서 마법 같은 손실로 끝을 맺었다. 60퍼센트 손실은 가족과 친구들에게 몇 년간 놀림거리가 되기에 충분한 투자 실패였다. 학생 신분에 손실 300만 원은 꽤나 큰 액수였는데, 정작 나는 이상하게도 아무렇지도 않았다.

일상에선 만 원만 손해를 봐도 아까워하는 짠순이 대학생이 주식에서 300만 원이나 되는 손실을 봤는데 아깝거나 속상한 마음이 들지 않았다는 건 엄청난 반전이었다. 만사에 '내 탓이오'보다는 '네 탓이오'를 시전하던 철없는 시절이었지만 저축보단 투자를 한 선택에 후회도, 펀드를 추천했던 은행 직원에 대한 원망도 들지 않았다.

도리어 이번 실패를 반면교사 삼아 다음엔 꼭 수익을 내겠다는 욕망만 커질 뿐이었다. 그렇게 당장은 잃더라도 언젠가는 유의미한 수익을 내겠다는 투지는 사회초년생이 되어서도 계속되었다.

교사가 된 이후 통장으로 들어오는 월급은 저축보다는 주식 투자에 꾸준히 쓰였고, 큰 손실도 큰 이익도 없이 가끔 맛있는 음식을 사 먹을 수 있을 정도의 소소한 수익이 났다.

회사원 남편을 만나 결혼하다

남편과 나는 공기업을 다니는 부모님 밑에서 자랐다. 월급 이 많지는 않지만 안정적인 직업을 가진 부모님에게 '공무원 이 최고다', '주식 투자는 원수에게나 권하는 것이다'라는 말 을 귀가 닳도록 들으며 부모님의 바람대로 안정적인 월급쟁이 가 되었다. 그리고 비슷한 환경에서 자란 서로가 만나 평범한 가정을 꾸렸다. 부자였던 적도, 가난했던 적도 없었던 우리는 결혼 후에도 별일이 없다면 부모님이 그러하셨듯 평범한 삶을 살게 될 것이 분명했다.

대부분의 사람은 잔잔하고 평온한 신혼을 꿈꾸고, 그런 상태 를 행복이라 부른다. 그런데 남편과 나는 이상하게도 안정적 인 삶에 감사함과 기쁨을 느끼기보다는 반복되는 출퇴근과 월급이라는 고정적 스펙트럼에 지루함을 느끼고 있었다.

'안정: 바뀌어 달라지지 아니하고 일정한 상태를 유지하는 것.'

몇 년 뒤에도 몇십 년 뒤에도 달라지지 않을 것 같은 삶이 도리어 불안정한 환경을 갈망하게 만들었던 것 같기도 하다. 고정적인 월급을 받으며 출퇴근이라는 루틴을 지키는 삶보다는, 불안정하더라도 생동감 있는 롤러코스터 같은 인생을 살아보고 싶다는 갈망이 가슴 한편에 자꾸만 꿈틀거렸다.

돌파할 수 없는 콘크리트 같던, '월급'이라는 벽을 깨부수는 일부터 시작해 보기로 했다. 남편 역시 주식 투자가 주는 장밋빛 희망 앞에서는 누구보다 뜨겁고 열정적인 사람이었고, 그렇게 두 열정이 만나 큰 불씨가 지펴졌다. 축의금과 여유 자금을 끌어모아 더욱 과감하게 주식 투자를 시작했다. 남편도 나처럼 주식 투자 경험이 있었고, 그래서인지 우리는 하이 리스크 하이 리턴에 익숙했다. 상승에 기뻐할지언정 하락에 불안해하지는 않았다.

다른 신혼부부들이 아파트 분양이나 청약을 공부할 때, 우리는 블로그와 인터넷에서 쏟아져 나오는 주식 정보를 공부하고, 퇴근 후 저녁 먹을 시간이 되면 식탁에 앉아 어떤 종목을 살지 토의했다. 신차가 출시될 즈음이면 차보다는 그 회사의 주식을 살 궁리를 했고, 돈을 지출할 때의 기회비용이 저축이 아닌 사지 못한 주식 한 주가 되어 있었다.

월급은 꾸준히 들어왔고, 그 돈은 차곡차곡 주식 계좌로 흘러갔다. 매달 초 가계부를 작성하면서 계좌의 잔고와 월별 수익, 지출을 정리해 나갔다. 처음엔 귀찮았지만 몇 달 지나니 돈을 모으는 재미가 쏠쏠했다. 우리의 현금 흐름을 파악해 보니 뻔해 보였던 월급 스펙트럼을 깰 수 있을 것 같았다.

두 명의 월급이 수십 번쯤 더 들어왔을까? 옥석을 가리는 우리의 눈은 이전보다 눈에 띄게 좋아져 있었다. 분명 두 명의 월급이었는데 세 명분의 월급이 되어 있었다. 보너스 게임으로 시작했던 주식 투자는 메인 게임이 되어가고 있었고, 덕분에 월급이라는 콘크리트 벽을 깨부술 수 있을 것만 같았다. 그렇게 월급의 굴레에서 벗어날 수 있는 첫 번째 파이프라인이 만들어졌다.

✦

행복해서 울어보셨나요?

마침내 완벽한 백수가 된 우리는 그동안 잠시 휴가를 내서 여행할 때와는 다른 마음가짐으로 배낭여행을 떠났다. 첫 행선지는 베트남이었다. 아수라장 같던 호치민 버스 터미널에서 껀터로 가는 슬리핑 버스를 타자마자 세상을 다 가진 기분이 들었다.

뭐 때문일까. 비행기의 퍼스트클래스 뺨치는 쾌적한 슬리핑 버스가 출발하자마자 갑자기 벅찬 감정이 밀려왔다. 그 순간에 집중하고 싶은 마음에, 자리에 앉아 노트북을 열고 바로 글을 써 내려가기 시작했다.

아침에 눈을 떠서 무거운 배낭을 메고 숙소 문을 나설 때부터 작은 행복이 있었다. 나 스스로가 변화했고 이 여행에 잘 적응했다는 느낌이 들었기 때문이다. 배낭여행 2주 차, 이제는 숙소의 컨디션을 따지기보단 그저 고단한 발을 쉬게 해주고 편안한 옷을 입고 누울 수 있다는 사실에 만족하게 되었다.

   사직서를 내고 베트남에 도착한 이후, 잠깐 휴가 와서 돈을 맘 편히 쓰며 여행할 때와는 달리 저가 호텔에서 자고 끊임없이 이동하는 것이 내심 힘들었다. 이동을 거듭하다 보면, 숙소 컨디션에 따라 일희일비하는 내 감정을 마주하게 된다. 이방인으로서 도시에 갖는 매분 매초의 인상 또한 내가 어디에 발을 딛고 있느냐에 따라 롤러코스터처럼 바뀐다. 초보 배낭여행자인 나에게 가장 난코스였던 껀터행 버스에 순조롭게 올라탄 순간, 난생처음 온몸으로 행복을 느꼈다.

   버스에서 내 자리에 커튼을 치고 엉엉 울었다. 완벽하게 혼자인 순간이다. 살면서 행복해서 울어본 적은 없는데, 지금이 바로 그 순간일까. 기껏 직장을 그만두고 떠난 여행에서도 가끔은 불안한 마음에, 세계여행이 끝나면 세무사 시험을 칠까 고민하고 알아봤었다.
   멀쩡한 직장을 때려치웠다는 죄책감과 미래에 대한 불안감은 때때로 나를 휩쌌다. 내 여행의 목적은 뭘까, 스스로에게 질문을 던지며 나를 괴롭혔다. 그 난제에 답을 하나쯤 찾은 것 같았다.

내가 나를 아는 것. 틀에 박힌 삶을 사느라 경험하지 못한 다양한 감정을 느껴보는 것. 이게 뭐라고, 예상치도 못하게 슬리핑 버스가 기폭제가 되어 여행의 참순간을 경험하게 될 줄은 몰랐다.

고등학생 때까지는 스스로 뭔가를 선택할 자유를 누린 기억이 별로 없다. 공부를 해야 해서 하고, 대학을 가야 해서 갔다. '왜 해야 하지?'라는 질문을 10대의 나는 거의 하지 않았다.

대학에 입학한 후 많은 것이 변화했다. 대학 생활엔 '반드시'가 없었다. 내 행동에 책임을 져야 하는 시기가 준비 없이 찾아왔고, 하기 싫은 일이 하나둘 생겨났다. 학교에서 배우는 대부분의 과목에 의문이 가득했고, 이른 아침 2호선 지옥철이 끔찍했고, 강의실에 앉아 수업에 집중 못 하고 때우는 시간이 아까웠다.

어쩌다 수업은 못 가도 개강 파티는 갔고, 시험은 안 쳐도 종강 파티는 갔다. 그렇게 나는 하지 않을 자유와 할 자유를 맘껏 누리며 대학 시절에 마침표를 찍었다. 콩밥에서 콩만 골라내듯 하기 싫은 일만 쏙 빼놓고 살 수 있는 시간은 행복했다.

사회인이 되어 그 자유를 잃어버리기 전까진.

지켜야 할 의무보다는 누릴 수 있는 권리가 더 많았던 대학 시절과 달리 교사 임용장을 받은 순간 온갖 자질구레한 의무들이 찾아왔다. 하기 싫어도 하지 않을 수 없는 것들이었다. 내가 하는 수업도 어딘가 민망하고 부족하게 느껴졌지만 해내야 했고, 부끄럽지만 아이들의 사사로운 다툼을 모르는 척하고 싶은 순간이 한두 번이 아니었다.

반복되는 일상에서 안정감과 행복을 찾았어야 했겠지만 나는 그러지 못했다. 정해진 시간에 교실에 있어야 하고, 정해진 급식을 먹어야 하고, 학부모가 흉보지 않게 입어야 하고, 발령받은 곳에서 살아야 하는 삶이 언제부턴가 넌덜머리가 났다. 가고 싶은 곳에 가고, 먹고 싶은 걸 먹고, 입고 싶은 걸 입고, 살고 싶은 곳에 살기 위해 교사를 그만뒀다.

사람들은 사직서를 쓴 이유가 뭐냐고 물었다. "적성에 안 맞아서요." 그러면 사람들은 적성에 맞아서 일하는 사람이 얼마나 되겠냐고 물었다. 그러면 나는 이런 반문이 떠올랐다. "적성에 안 맞는 일을 하는 게 반쪽짜리 삶을 사는 것과 대체 뭐가 다른가요……?"

사람은 깨어 있는 시간의 절반 이상을 직장에서 보낸다. 맞지 않는 일을 하는 반나절은 결코 행복할 수 없다. 퇴근 후의 삶이 행복할지언정 반쪽짜리 행복만 누리며 평생을 살고 싶진 않았다.

안정적인 노후와 미친 워라밸, 그 어떤 것도 내 인생의 반을 내어줄 만큼 값지진 않았다. 사람들은 그동안의 경력과 그 일에 바친 시간이 아깝지 않으냐고 물었지만 나는 남은 청춘이 더 아깝다고 답했다.

마지막은 늘 그만둔 것을 후회하지 않겠냐는 질문으로 이어졌다. 당연히 후회할 수 있다. 하지만 그만두면 후회하느냐 마느냐 50퍼센트의 확률이겠지만, 그만두지 않으면 분명히 평생을 후회했을 테니 100퍼센트의 확률이 된다. 난 확률 게임에서 더 높은 승률을 택했을 뿐이었다. 용기 있다며 감탄하는 사람들도 있었지만 난 알고 있었다. 난 그저 더 이상 지속할 수 없을 만큼 충분히 불행해 봤을 뿐이다.

그때 그 껀터행 버스에서 난 비로소 꽉 찬 행복을 맛보고 있었다.

내 여행의 목적은 뭘까,

그 난제에 답을 하나쯤 찾은 것 같았다.

내가 나를 아는 것. 틀에 박힌 삶을 사느라 경험하지 못한

다양한 감정을 느껴보는 것.

✦

꿈이 없어도 괜찮아

학창 시절 가장 대답하기 힘들면서도 쉬웠던 질문이 있다.
"넌 커서 뭐가 되고 싶어?"
"꿈이 뭐야?"

피아노 학원을 다니던 초등학생 때 나는 장래희망란에 피아
니스트라고 적었다. 사실 피아니스트가 되고 싶다고 생각했던
적은 한순간도 없다. 하지만 그 어린 나이에도 꿈이 없다고 적
어 낼 배짱은 없었던 것 같다.

여기서 참 신기한 점은 피아니스트가 꿈이라 적었던 열두
살의 내게 누구도, 심지어 부모님조차 왜 피아니스트가 되고
싶은지, 피아노 치는 게 정말 즐거운지 궁금해하지 않았다는

점이다. 어쩌면 꿈을 적어 오라는 숙제를 내준 담임 선생님조차 열두 살짜리의 진짜 꿈에는 관심이 없었던 게 아닐까.

　중학생이 되어 머리가 조금씩 커지면서, 내게 어떤 재능이 있는지보다 어떤 재능이 없는가를 먼저 알게 됐다. 음악 시간에 친구들 앞에서 가창 시험을 볼 때면 나는 왜 여자로 태어나 남자의 음역대를 가지고 있는 걸까 개탄스러웠고, 그나마 자신 있다고 생각했던 피아노 연주도 또래와 비교했을 때 지극히 평범한 수준이었다.

　나는 더 이상 장래희망란에 피아니스트라고 적지 않았다. 여전히 무엇으로 채워야 할지 모를 공란을 의사나 아나운서, 교사와 같은 다른 직업군으로 채워 넣었다.

　사직서를 내고 결국 '무직'이 된 지금 생각해 보면, 이왕 되고 싶은 것이 없었던 김에 대통령이나 억만장자 같은 공수표라도 실컷 날려볼걸 그랬다는 아쉬움이 든다. 그랬더라면 적어도 그 시절의 장래희망을 보고 피식 웃기라도 할 텐데. 그 어린 시절에도 좋아하는 일이 아니라 할 수 있는 일에 대해서만 고민했다는 사실이 아쉽고 속상하다.

　나이를 먹어서도 꿈이라는 것은 여전히 '무엇을 하고 싶은

가'가 아니라 '무엇이 될 것인가'에 머물러 있는 것 같다. '되고 싶은 것'보다는 '하고 싶은 것'을, '잘하는 것'보다는 '좋아하는 것'을 아는 게 훨씬 더 중요하다는 걸, 좀 더 일찍 알았더라면 어땠을까?

〈한 끼 줍쇼〉라는 TV 프로그램에서 강호동은 길을 가던 꼬마에게 "훌륭한 사람이 돼라"라고 덕담을 했다. 게스트는 이효리였는데, 그녀는 "뭘 훌륭한 사람이 돼? 그냥 아무나 돼!"라고 일침을 날린다.

생각해 보면 인간은 태어난 이래로 죽기 전까지 꼭 무엇인가 되어야만 한다는 암묵적인 압박 속에서 살아가는 것 같다. 그저 나라는 사람으로 태어나 나답게 살아가면 될 일인데, 어떤 직업을 가지고 있는지가 그의 전부를 표현하는 수식어가 되어버렸다. 직업으로 그 사람을 이미 정해진 카테고리에 편리하게 넣어버린다. 사람은 한 명 한 명 특별하고 유일하지만, 그걸 알아볼 시간도 안목도 우리에겐 충분히 주어지지 않으니 말이다.

그래서인지 대부분의 사람은 생애주기 속에서 은퇴 직전까지 명사형의 무언가로 살고 있다. 과거의 내가 '학생'이었다가

'교사'가 되었고, 남편이 '군인'이었다가 '회사원'이 된 것처럼.

꿈은 사실 명사가 아니라 형용사 또는 동사가 되어야 하는 것 아닐까? 의사가 되고 싶다는 아이에게 "너는 (어떤) 의사가 되고 싶니?"라고 물어야 한다. 그럼 아이는 "(의료약자를 지원하는) 의사가 되고 싶어요", "(수술 실력으로 한국에서 내로라하는) 의사가 되고 싶어요", "(의료 지식을 알기 쉽게 전달하는) 의사가 되고 싶어요"라고 대답할 것이다. 하지만 명사로만 묻는다면, 아이들도 '의사'라는 명사형 대답밖에 하지 못한다.

형용사가 아닌 동사로 꿈을 꿀 수도 있다. 나는 (희귀한 반려동물을 위한 용품을 만들고) 싶어. 나는 (지방 사람들을 위해 지역 격차를 해결하고) 싶어. 이런 식으로 동사형 꿈을 꾼다면 꿈은 훨씬 구체적으로 성큼 다가온다.

명사형 꿈은 우리의 상상력을 제한한다. 우리는 객관식이 아니라 서술형, 논술형으로 꾸었어야 할 꿈을 사지선다, 오지선다 속에서 선택하느라 쩔쩔매고 있는지도 모른다. 주어진 언어가 사고를 제한하듯, 명사형으로 이름 지어진 선택지 사이에서 우리는 어디까지 꿈꿀 수 있는지, 무엇까지 꿈꿀 수 있는지 상상력을 잃어버리고 말았다.

남편과 함께 직장을 그만둔 이후로 카페에서 긴 여백의 시간을 보내던 때가 있었다. 노트북을 가지고 나가 앞으로 어떻게 살아가면 좋을지 논의하고 탐색하는 시간이었다. 당장 들어올 월급 한 푼 없는 백수였지만 마음만은 어느 때보다 풍요로웠다. 같은 카페에 서너 번 출석 도장을 찍고 나면 열에 아홉꼴로 사장님들은 우리의 직업을 궁금해하며 늘 비슷한 질문을 했다.

　"뭐 하는 분들이세요?"

　학생이라든지 교사라든지, 예전 같았으면 금세 대답이 나왔을 텐데, 그 질문은 우릴 꽤나 난감하게 만들었다. "아, 저희는 직장을 그만두고 앞으로 어떻게 살면 좋을지 탐색하는 중입니다"라고 대답할 수는 없었다.

　사장님들은 결국 우리를 '백수'로 받아들였을 테지만, '뭘 하는 사람이냐'는 질문에 나는 더 이상 한 단어로 정의할 수 없는 사람이 되어 있었다. 당장 소득이 없으니 백수이기도 했고, 블로그에 여행기를 포스팅하는 블로거이기도 했고, 에세이 플랫폼에 가끔 글을 끄적이는 작가이기도, 유튜브에 영상을 올리는 유튜버이기도, 주식 투자를 하는 투자자이기도 했다.

　나는 교사인 내가 마음에 차지 않아서 자꾸만 교사가 아닌 다른 무언가가 되어야 한다는 압박감에 시달렸었다. 그런데 수식어를 잃은 지금 생각해 보면, 꼭 무언가가 되지 않아도 괜찮다는 걸 좀 더 일찍 알았더라면 참 좋았겠다는 생각이 든다.

예전엔 이것도 저것도 아닌 사람이 되어 있을 미래의 내가 두려웠다. 그런데 정작 아무 명함도 없는 사람이 된 요즘, 오히려 무엇이든 할 수 있는 무한한 가능성을 품은 사람이 되었다는 생각에 가슴이 설레곤 한다.

"난 꿈이 없어"라는 말을 입에 달고 살던 내가 직장을 그만두고서야 변화하기 시작했다. 도무지 떠오르지 않던 내 꿈은 무언가가 되는 게 아니라, 그저 가슴 뛰는 삶을 사는 거였음을 천천히 알게 됐다. 그동안 쌓아온 모든 커리어를 내려놓고, 죽도 밥도 아닌 처지가 된 이 상황이 날 가슴 뛰게 만들어줄 거라는 걸, 도대체 누가 알았을까?

죽은 물고기만이 물결을 따라 흘러간다.

영국 작가인 맬컴 머거리지가 자주 인용했다는 문장이다.

죽은 물고기가 물결을 따라 떠내려가듯, 지금까지의 내 삶은 그저 사람들이 가는 곳으로 따라가는 삶이었다. 흐르는 물결을 거슬러 물 밖으로 나와보니 이제야 내가 정말 살아 있구나,

하는 생각이 든다. 물결이 이끄는 방향이 아니라 원하는 곳을 향해 스스로 헤엄치는 물고기가 된 셈이다.

다시 교단에 설 일은 없을 테지만, 혹시라도 제자들을 만나게 되면 꼭 해주고 싶은 이야기가 하나 있다. 인생에서 꼭 해야 하는 'To do list'보다는, 하고 싶은 'Bucket list'를 만들어보라고. 어른들이 인도하는 방향이 아니라, 스스로 살아 있는 물고기가 되어 격렬히 헤엄치라고.

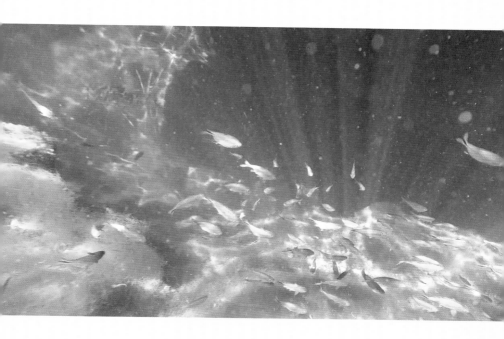

죽은 물고기가 물결을 따라 떠내려가듯,

내 삶은 그저 사람들이 가는 곳으로 따라가는 삶이었다.

흐르는 물결을 거슬러 물 밖으로 나와보니

이제야 내가 정말 살아 있구나, 하는 생각이 든다.

몰입은 두려움을 물리친다

두려움은 인간이 느낄 수 있는 가장 기본적이면서도 강력한 감정이다. 두려움은 생명체가 이성적 판단 이전에 감각적으로 위험을 감지하고 대응하게 함으로써 생존에 중요한 역할을 해왔다. 흔히 두려움은 '미지의 것에 대한 무지'에서 비롯된다고도 하는데, 인류가 정체를 모르는 것을 회피하기 위해 두려움을 느끼도록 진화했다는 것이 진화생물학적 설명이다.

사람들은 겪어보지 않은 일에 대해서 '그 일이 일어나면 어떡하지' 하는 막연한 두려움을 가지곤 한다. 하지만 나의 경우에는 두려워하던 일을 저질렀는데도 막상 그 이후에 마주한 현실이 상상했던 것보다 나쁘지 않았다. 일을 그만두고 나면 무너져 내릴 것 같았던 세상은 사직서를 낸 뒤에도 여전히 잘 돌아가고 있었고, 내일 당장 출근을 하지 않아도 된다는 사실 외에는 아무것도 변한 것이 없었다.

도리어 퇴사했는데도 아무런 변화가 없는 현실을 받아들이는 일이 더 힘겨웠다. 차라리 세상이 무너져 내렸다면 좋았겠다 싶은 마음까지 들었다. 이렇게 아무 변화도 없을 거라면, 나는 왜 그전의 삶을 지키기 위해 그동안 아등바등했던 걸까?

데일 카네기는 『자기관리론』에서 걱정을 몰아내는 방법에 대해 설명한다. '너무 바빠서 걱정할 시간이 없다'는 윈스턴 처칠의 말을 예로 들며, 걱정을 치료하는 방법은 스스로에게 걱정할 틈을 주지 않는 것이라고 말한다. 현재에 '몰입'하는 행위야말로 불안과 두려움으로부터 멀어지는 가장 확실한 방법이라는 것이다.

데일 카네기의 처방처럼 나에게도 현재에 몰입할 수 있는 뭔가가 필요했다. 나는 퇴사 후 방 한구석에 먼지가 켜켜이 쌓인 채 굴러다니던 노트북을 꺼내 홀린 듯이 키보드를 두들기기 시작했다.

살면서 독후감 이외의 글을 써본 적이 없을 정도로 글쓰기를 즐기지 않았고, 1년에 책 한 권도 읽기 버거워할 만큼 독서를 좋아하지 않았다. 그런데 아이러니하게도 몰입을 위해 선택한 첫 번째 수단이 글쓰기라니.

갑자기 왜 글이 쓰고 싶어졌을까?

요동치는 감정을 쏟아낼 대나무 숲이 필요했을 수도 있다. 하지만 더 큰 이유는 당시 해낼 수 있는 유일한 생산적 활동이 글쓰기였기 때문이다. 그렇게 나는 퇴사 후 블로그에 글을 쓰기 시작했다.

> 내게 매우 필수적이면서도 전혀 도움은 되지 않는 적당한 수준의 글쓰기를 나는 오직 생계유지를 위해 해나갈 수 있었으면 했다. 폴더의 이름을 바꾸지 않은 것도 그 때문이다. 내가 원하는 것은 하루하루 일하고 있다는 감각이니까. 내가 바라는 건 내가 쓰는 모든 글에 '할당된 지면을 채운 뒤 다음 마감으로 넘어가야지'라는 마음이 담겨 있다는, 저널리스트로서의 소소한 포부가 담겨 있는 감각이니까.
> ─브라이언 딜런, 『에세이즘』, 카라칼

나의 글쓰기는 글쓰기의 본질보다는 브라이언 딜런이 말하는 '일하는 감각'을 위한 행위에 더 가까웠다. 나 스스로가 쓸모없는 인간이 아니라는 것을 입증하기 위해 하루하루 일하는 감각을 느껴야만 했고, 누가 시키지 않았는데도 스스로 어떤 일 하나를 완수했다는 사실이 주는 안도감이 좋았다. 글쓰기는 백수 생활을 기록하는 일기장이었고, 때로는 불특정 다수에게 감정을 토로하는 대나무 숲이기도 했다.

마음속에만 담아두었던 '나의 이야기'를 한 편의 글로 정리해서 공개하는 일은 생각보다 더 짜릿했다. 잡다한 생각으로 어지러웠던 머릿속을 카테고리별로 분리수거한 듯한 기분이랄까. 글을 쓰고 나면 어질러진 방을 깨끗하게 청소한 뒤처럼 개운했다.

순간순간 떠오르는 감정들을 '브런치'라는 에세이 플랫폼에 공유했다. 대나무 숲이자 몰입의 대상이었던 내 글쓰기 계정에도 조금씩 구독자가 생기기 시작했다. '일하고 있다는 감각'이 주는 안도감에 시작한 글쓰기가 '잘 쓰고 싶다'는 욕망의 대상이 되기 시작한 것은 이때부터였다. 한 명 한 명 구독자가 늘어나고, 내 글에 공감을 표현하는 댓글이 하나둘 달릴수록 잘 쓰고 싶다는 욕심, 더 많은 구독자를 모으고 싶다는 욕망과 더불어 한동안 느끼지 못했던 도파민이 분비되는 것이 느껴졌다.

살면서 한순간도 작가를 꿈꾼 적 없는데, 이런 욕심이 드는 스스로가 당황스럽기까지 했다. 이 욕망의 근원은 뭘까. 그 욕망의 실체는 작가가 되고 싶다는 '바람'보다는 무언가 하나를 완수했다는 '성취감'에 가까웠다. 갓 퇴사한 백수에게 필요했던 것은 새로운 일에 도전하고, 노력해서 일궈내고, 성취감을 맛보는 경험이었던 거다.

뇌 과학 관점에서 말하는 행복해지는 방법은, 도파민을 분비시키는 것이다. 『당신의 뇌는 최적화를 원한다』라는 책에 따르면, 사람은 자신의 능력을 키워서 가능성을 넓히는 도전과 성취 과정을 통해 도파민이 분비되고, 행복을 느낀다.

현재에 만족하면 도파민은 더 이상 나오지 않는다. 뇌는 욕심쟁이다. 도파민이라는 물질은 항상 '더 많이'를 추구한다. 더 높은 목표를 계속 세우는 한 도파민이 지속적으로 분비되어 당신은 계속 발전할 것이다.
　-가바사와 시온, 『당신의 뇌는 최적화를 원한다』, 쌤앤파커스

이 관점에 따르면, 도전을 계속하는 한 누구나 행복할 수 있다. 10년, 20년 죽어라 노력하고 나면 그 길 끝에 행복이 기다리고 있는 것이 아니라, 노력하며 계단을 오르는 '지금'이 실

은 가장 행복한 것이라는 뜻이기도 하다.

퇴사한 지 3년이 지난 지금, 나는 다달이 수입이 들어오는 또 다른 직업을 갖고 있다. '좋아하는 일'을 찾았고, 그 일로 밥벌이를 하고 있으니 당시의 내가 그토록 바라던 길에 다다른 셈이다.

종종 사람들로부터 앞날이 불투명했던 지난 3년과 현재를 비교했을 때, 지금이 더 행복하지 않느냐는 질문을 받곤 한다. 그런데 퇴사 후 아무것도 손에 쥔 것 없이 한 계단 한 계단을 힘겹게 오르던 그때도 분명히 행복은 존재했다. 그 행복의 크기가 지금의 것과 견주었을 때 결코 작거나 더 초라하지 않았음을 온몸으로 기억하고 있다.

가끔 누가 봐도 아무 부족함 없어 보이는 유명인이 스스로 생을 마감했다는 뉴스를 접하곤 한다. 대중은 모든 걸 가진 사람이 왜 그런 선택을 했는지 도무지 이해할 수 없다는 반응을 보이지만, 뇌 과학적으로 '아무 부족함이 없는 생활'은 도파민을 분비시키지 않는다고 한다. 결국 인간은 새로운 목표나 도전 없이 '만족스러운 생활을 유지하는 것'만으로는 행복을 느낄 수 없는 존재라고 해석할 수 있다.

새로운 목표에 도전하고, 그 과정에서 성취감을 얻을 수 있는 일을 발견한다는 것은 엄청난 축복이다. 내가 매일 하는 일에 몰입할 수 있는 순간이 있는지, 그게 언제인지에 초점을 맞춰본다면, 어쩌면 우린 계속해서 행복한 삶을 추구할 수 있지 않을까.

✦

지금도 '퇴사'를
검색하고 있을 당신에게

　퇴직하고 나서 소일 삼아 에세이를 업로드하던 사이트 브런치에 쓴 글이 어느 날 포털 메인 화면에 걸렸다. 그 글은 5일이 넘는 시간 동안 포털 사이트 인기 글 7위에 올라 메인 화면 한 구석에 남아 있었다. 덕분에 글의 조회 수는 8만을 훌쩍 넘었고, 나는 얼마나 많은 사람이 자신의 직업에 회의를 품고 있는지 알게 되었다.

　당시 내 블로그의 방문자 수 절반 이상은 '교사 의원 면직'이라는 검색어를 통해 유입되고 있었다. 사직을 고민하고 있지만 차마 용기를 내지 못하고 있다는 댓글도 심심찮게 볼 수 있었다. 섣불리 '저도 그만두었으니 당신도 할 수 있어요'라고 답해줄 문제가 아니라는 걸, 잘 알고 있었다.

10년도 안 되는 직장 생활을 마무리하며 내가 가장 후회한 것은, '왜 한 살이라도 더 어렸을 때 그만두지 못했을까'였다. 〈어벤저스: 엔드게임〉에는 아이언 맨이 과거로 돌아가 인피니티 스톤을 되찾아 오는 장면이 나온다. 내가 만약 과거로 돌아가 20대의 나를 마주하는 상황이 온다면, 무슨 말을 해주고 싶을까?

지금이라도 그만둬, 아직 늦지 않았어.

스물네 살이 되는 해, L은 초등교사가 된다.

L은 생각한다.

이 길은 내 길이 아니라고.

선배들은 말한다.

자기도 그랬다고. 누구나 처음엔 겪는 감정이라고.

1년, 2년 버티다 보면 시간은 흘러간다고.

스물다섯 살이 된 L은 말한다.

적성에 안 맞는 것 같아요.

선배들은 말한다. 일이 적성에 맞아서 하는 사람이 어디 있느냐고.

다시 스물여섯 살이 된 L은 말한다.

하루하루가 너무 똑같아요.

따분함에 지쳐가는 나에게 선배는 조언한다.

대학원에 진학해 보면 환기가 좀 될 거야.

선배들의 조언처럼 1년, 2년 버티다 보니 시간은 흘러갔고, 나는 스물아홉이 되는 해 석사 학위를 땄다. 학위를 따고 연수를 받고 1급 정교사가 되었다.

서른 살의 L은 말했다.

이제 뭘 더 해야 하죠?

사람들이 말했다.

아기를 낳아보면 달라질 거야.

생각해 보면, 그들의 조언을 믿고 교직을 그만두지 못했던 건 아니었다. 단지 선배들에게 '나 또한 시간이 지나면 만족하게 될 거라는' 공수표 하나쯤 받아두고 싶었는지도 모른다. 하루, 1년, 10년을 버티다 보면 어느새 나도 교장이나 교감이 되어 그만두고 싶어 하는 후배들에게 '나도 그랬었다'며 회유와 만류를 하고 있었을지도 모르는 일이다. 하지만 당시의 나는, 돈 주고도 못 사는 젊음을 먼 훗날 마주하게 될지 아닐지도 모르는 노후와 맞바꾼다는 게 암만해도 밑지는 장사 같았다.

이렇게나 많은 사람이 적성에 맞지 않는 직업 때문에 고민하고 있다니, 내 글이 포털 사이트 메인에 걸려 조회 수가 올라갈 때마다 가슴이 아팠다. 그 글을 읽는 사람들에게 나 하나쯤은 말해주고 싶었다. 그만둬도 괜찮다고, 하늘은 무너지지 않는다고.

나도 무섭지 않았던 건 아니다. 사직서를 내고 면직 처리가 되는 동안, 나는 블로그에 실컷 한풀이를 해댔다. 부모님에게 언제쯤 이 사실을 털어놓으면 좋을지 고민만 하던 차, 부모님이 먼저 내 블로그를 보고 소식을 알게 되셨다. 블로그의 존재를 알린 적이 없었기에 그 글을 읽으시리라곤 예상 못 했지만, 그렇게라도 소식을 접하셨으면 하고 내심 바랐던 것도 사실이다. 내 입으론 쉽사리 꺼낼 수 없는 이야기였으니까.

퇴직하고 떠난 베트남 배낭여행 5일 차 날 아침, 대차게 울리는 알림 소리에 눈을 떴다. 엄마에게서 온 메시지였다.

"교사 생활 마침표 찍었다고? 축하한다. 마음이 편하면 육신도 편한 법. 하고 싶은 일 찾아서 행복하게 잘 살아라. 그동안 애 많이 썼다. 불안불안하더니, 뭘 하든 굶어 죽기야 하겠니? 먹고 싶은 거 먹고, 입고 싶은 거 입고, 가고 싶은 데 가고, 살고 싶은 대로 살아봐도 만족은 없는 게 인생사. 뭘 하든 건강하고 행복하게 살길 바란다."

내가 상상한 부모님의 반응은 '미쳤구나' 혹은 '아직 늦지 않았다, 돌아가라'였는데 그만둔 걸 축하한다는 말을, 그것도 엄마한테 듣게 될 줄이야.

아빠는 공무원으로 직장 생활을 시작해서, 이후엔 공기업에서 환갑이 넘어서까지 일하고 계셨다. 그렇게 반평생 이상 살아온 부모님에게 공무원은 '삼성맨'보다 좋은 직업이었고, 그걸 때려치운다는 건 줄 없이 번지점프하는 짓이나 마찬가지였다. 직접 말하기 힘들었던 교사 생활의 끝을 글로 공표한 것이 비겁한 방법이었다는 것을 잘 알고 있다. 방법은 비겁했을지언정 그동안 털어놓지 못했던 감정을 전달하기엔 오히려 효과적이지 않을까 하는 생각에 글로 도망쳤었다.

엄마는 의연하게 축하 메시지를 보내놓고 밤새 내 걱정에 잠을 뒤척였을 것이고, 속은 까맣게 타들어 갔을 거다. 그럼에도 질책이나 질타보다는 "그동안 애썼다"라고 말해준 엄마가 고맙고 또 고마웠다.

생각보다 주변 사람들은 진정으로 나의 행복을 바라고 있었다. 그동안 내가 그들의 생각을 지레짐작하거나 오해했다는 걸 깨달으면서 마음이 한층 두둑해졌다. 어쩌면 내 브런치나 블로그에 들어오는 사람들도 같은 상황일지도 모르겠다. 그들에게 스스로 행복해지려고 노력한다면, 생각보다 많은 사람이 그 선택을 응원해 줄 거라고 말해주고 싶다. 비록 그게 사회에서 흔히 제시하는 표준적인 길과는 조금 다르다고 하더라도.

SNS에서 영상을 보다가, 강아지가 높은 곳에서 점프하려고 준비 자세를 잡고 있고, 보호자는 앞에서 생긋생긋 웃으며 두 팔 벌려 기다리고 있는 모습을 보았다. 강아지는 두세 번 주춤주춤하며 망설이고 뒤로 물러나기를 반복하다가, 마침내 점프해서 보호자의 품으로 뛰어든다. 그렇게 짧은 다리와 약한 심장으로는 해낼 수 없을 것 같던 도약을 이루어낸다.

나는 이 영상을 볼 때마다 귀여움과 함께 가슴 찡함을 느낀다. 우린 모두 사랑 없이는 아무것도 할 수 없는 존재들인 것만 같아서.

두려움 없이 강해지는 방법은 나를 둘러싼 주변인들의 사랑을 100퍼센트 믿는 것이다.

삼각김밥과 불고기피자와 눈물

인생에서 유일하게 혼자 살았던 적이 있다. 임용고시 공부 좀 해보겠답시고 고시원 생활에 도전했었던 대학교 4학년, 스물세 살 때다. 신도림역에서 교대역까지, 불과 열 개 남짓 역을 지나면 도착하는 가까운 거리였지만 친구들이 하나둘씩 학교 근처에 거처를 마련하는 모습을 보고 나도 뒤질세라 자취 대열에 참여했다.

결론부터 말하자면, 나의 자취 생활은 한 달 천하로 끝이 났다. 모든 동선이 두세 걸음 안에 해결되는 자그마한 고시원 안에서 삼각김밥을 먹던 어느 날이었다. 책상 앞에 앉아 삼각김밥을 까먹고 있는데, 갑자기 눈물이 났다. 입안에 삼각김밥을 넣은 채로 옆방의 누군가가 들을세라 숨죽여 꺼이꺼이 울었다.

　독립한 지 한 달도 채 되지 않은 자취 새내기에게 무슨 일이 있었던 거냐고? 단언컨대 당시 나에겐 눈물을 쥐어짜야 할 그 어떤 일도 없었다. 멀쩡히 잘 사귀던 남자친구가 있었고, 옆방에 노크 한 번이면 문을 활짝 열어줄 대학 동기도 있었으며, 일주일에 한 번씩 학교 앞에 와서 바리바리 싸 온 반찬을 주고 가는 엄마도 있었다.

　굳이 따져보면, 혼자 비좁은 방 안에서 삼각김밥을 먹는 나 자신이 처량하게 느껴졌던 것 같다. 교사가 되고 싶지는 않은데, 남들 다 하는 공부를 내팽개치고 다른 것에 도전할 용기는 없고, 그렇다고 맘 잡고 공부하자니 책이 손에 잡힐 리가 없었다. 온갖 스트레스를 끌어안고 삼각김밥을 들고 있는데, 괜스레 스스로가 불쌍하고 초라해 보였다. 그렇게 나는 삼각김밥을 손에 쥐고 세상에서 가장 못생긴 얼굴로 눈물을 쏟아냈고, 그 사건을 계기로 한 달 만에 다시 집으로 돌아왔다.

　그로부터 약 10년 뒤, 코로나19로 세계여행이 좌절되고 차박으로 국내를 여행하며 유튜브를 운영하던 시절이었다. 오지 캠핑 장소를 찾다가 자동차가 전복될 뻔한 사건이 있었다. 다시 차박을 하기는 무서운 마음에 며칠 내내 펜션과 호텔에서 머물다가 다시 각성하고 차박을 시작한 지 3일째 되는 날이었다. 장소는 미정이었지만 어찌 되었든 그날도 차에서 잘 예정이었다.

그날 오후 카페에서부터 기분이 좋지 않았다. 행복하고자 떠난 여행인데 우울감이 들고 슬펐다. 깨끗하고 편안한 숙소에서 자고 싶은 마음이 솟구치는데, 머무르고 있던 담양에는 오래된 모텔뿐이었다. 오래된 모텔에서 자느니 내 침구가 있는 자동차가 차라리 낫다는 걸 알았기에 선택지는 없었다.

그러던 중 갓 오픈한 깨끗한 모텔을 찾았고, 바로 객실을 예약했다. 저녁거리로 피자를 포장해 가서 남편과 쾌적한 방 안에 앉아 피자를 먹는데, 갑자기 눈물이 나기 시작했다. 나는 입안 가득 불고기피자를 물고 엉엉 울었다. 남편은 그런 내가 웃기기도 하고 안됐기도 했는지 갈피를 못 잡은 표정으로 나를 위로했다.

반복되는 일상에서 매번 기쁨과 감사를 발견하는 것은 쉽지 않은 일이다. 스스로 선택해서 떠난 여행이었지만 그 또한 지속되면 일상이 되는 법. 잠시였지만 여행 매너리즘에 빠져버린 순간이었다.

그날 담양의 어느 모텔 안에는 대학교 앞 고시원에서 삼각김밥을 쥐고 울던 스물세 살의 내가 있었다. 10년이면 강산도 변한다던데, 삼각김밥에서 피자로 메뉴만 바뀌었지 여전히 나는 똑같은 울보였다. 나는 집에 돌아가고 싶었다.

그런데, 돌아갈 집이 없었다.

그게 슬펐다. 세계여행 간다고 집은 이미 공중분해시켜 놨고, 짐은 언니 집과 부모님 집에 흩어져 있었다. 기약 없는 이 여행이 끝나면 나는 어디로 가야 할까. 세계여행을 떠날 수 있을까? 아니라면 이제 어쩌지? 불투명한 미래와 당장 내일도 어디서 자야 좋을지 모르는 상황이 쓰나미처럼 나를 뒤덮어 버렸다.

고시원과 모텔이라는 10년 차이의 두 평행세계에 다른 점이 하나 있다면, 서른셋의 나는 스물셋의 나보다는 용감해졌다는 거다. 고시원에서 울던 나는 집으로 돌아가 원하지 않았던 교사가 되었지만, 서른셋의 나는 적어도 내가 이루고 싶은 꿈을 위해 당장 힘든 시간을 참아내는 과정을 겪고 있었다.

10년 후 마흔셋의 나는, 부디 한우 스테이크 정도는 입에 물고 눈물을 토해내고 있길.

✦

경로를 이탈하였습니다

퇴사 전 남편은 회사에서 인사고과도 좋았고 탄탄대로를 달리고 있었다. 그대로 회사를 다닌다면 순조롭게 승진하고 인정받으면서 커리어를 쌓을 수 있었다. 불행한 건 나뿐이라고 생각했기에 꾹꾹 참다가 어느 날 조심스럽게 물었다. "혹시…… 퇴사 생각해 본 적 있어?" 의외로 남편의 입에서 나온 답은 "당연히 너무 있지!"였다.

남편은 회사에서 꽤 바쁜 편이었지만, 어떤 때엔 여덟 시간을 채워 일하지 않아도 될 정도로 업무량이 적기도 했다. 처음에는 그럴 때마다 '월급루팡'이 된 것 같고, 마치 꽁으로 월급을 받는 것 같아서 너무나 좋았다고 했다. 그러나 시간이 지날

수록 스스로의 쓸모에 대한 의구심과 단순히 견디는 시간에 대한 회의가 찾아왔다. 누군가에게는 꿈의 직장일 수도 있지만, 그에게는 그렇지 않았던 모양이다. 여덟 시간을 일하든 세 시간을 일하든 퇴근할 수 없는 건 마찬가지다. 근로자는 근로를 제공하고 월급을 받지만, 그와 함께 자유도 저당 잡히는 셈이다.

경치를 보기만 해도 기분이 좋아질 만큼 날씨가 화창했던 어느 날, 남편은 사무실 창밖을 멍하니 바라봤다. 그 순간 문득 창 안에서 퇴근 시간만 기다리고 있는 자신이 한심해 보였다고 했다. 그는 5년 뒤, 10년 뒤에도 똑같이 창 안에 앉아 퇴근만 기다리고 있을 것 같아 퇴사를 결심했다. 퇴사할 때 기분이 어땠느냐고 물으니 군대를 전역할 때처럼 어딘가에 오랜 시간 갇혀 있다가 나오는 기분이었다고 했다.

가끔 상상해 본다. 다른 날과는 달랐을, 퇴사하는 날 오후 세 시의 햇빛을. 눈부셔서 똑바로 바라보기 힘들었을 그날의 햇빛을. 아무도 가둔 적 없는데, 우린 어디에 갇혀 있었던 걸까? 이 길만이 맞고 정상이라고 사회가 정한 투명한 틀이 아니었을까?

사직서를 내기 전에는 두려움이 어마어마했는데, 의외로 마침내 사직서를 낼 때의 심정은 '신난다'였다. 결정하고 나니 앞으로가 기대되고 설렘으로 가슴이 두근거렸다. 나는 사직서를 내자마자 동기들이 모여 있는 단체 채팅방에 소식을 전했다. 반응은 예상 밖이었다. 왜 그랬냐며 다시 생각해 보라고 회유할 줄 알았던 동기들은 '왜 그랬어?'가 아니라 '축하해'라는 말을 건넸다.

퇴사하고 스물네 시간을 오롯이 내가 원하는 대로 사용하면서 든 생각은 단순했다. 회사에 시간을 쓸 때보다 오롯이 나를 위해 시간을 쓸 때 돈을 더 많이 벌겠구나. 혹은 돈을 많이 벌지 못해도 더 행복하겠구나. 그 생각이 갈수록 확고해졌다.

나는 그 나이까지 큰 결정을 내 손으로 내려본 적이 없었다. 학생 때는 공부를 열심히 하는 학생이었고, 진학은 부모님의 권유에 따랐으며, 수순에 따라 교사가 되었다. 단 하나, 대학원을 가기로 결정한 것이 내 선택이었는데, 그마저도 직장 생활이 너무 고통스러운 나머지 내 자질을 의심하다 지푸라기라도 잡듯이 내린 결정이었다.

내가 취향이나 주관이 뚜렷하지 않은 사람이라는 깨달음이 하루아침에 왔다. 매일 똑같은 음식만 먹는 사람이 자신의 음식 취향을 모르는 것처럼, 비슷한 루틴 속에서 살아왔기 때문에 우선 다양한 경험을 할 필요가 있다는 생각을 했다.

그전까지 우리는 사회의 표준이라 불릴 정도로 지극히 평범한 삶을 살던 신혼부부였다. 아이를 낳았다면 일반적인 3인 혹은 4인 가정의 범주에 들어갔을 거다.

하지만 퇴사를 하고 내가 하고 싶은 일을 찾기 위해 긴 여정을 떠나기로 결심한 그때, 우리는 난생처음 정해진 길을 벗어나고 있었다. 그 무렵부터 이 순간을 사람들에게 공유하고 싶다는 갈망이 서서히 피어올랐다. 현 상태를 벗어나고 싶지만 주저하고 있는 사람들에게 다르게 사는 삶도 충분히 행복할 수 있다는 메시지를 전하고 싶다는 생각이 들기 시작했다.

이후 유튜브로 우리의 이야기를 전하며 5년간 60개 도시를 살아보듯 여행했다. 여행하는 동안 수입이 없어서, 유튜브 채널이 인기를 얻지 못해서, 불안해서 힘들지는 않았다. 그 모든 가능성을 실험하는 과정은 내가 선택한 것이었으므로. 한식을 못 먹는 것만큼도 힘들지 않았다고 할까.

나를 알아가는 것은 인생에서 가장 가치 있고, 재미있고, 해 볼 만한 경험이다. 우리는 아직 인생의 많은 부분을 실험 중이고 그 여정 어딘가를 걷고 있지만, 그것만은 뚜렷하게 말할 수 있는 사람이 되어 기쁘다.

나는 왜 산티아고 순례길 일주를
포기했는가

〈스페인 하숙〉이라는 TV 프로그램이 있었다. 산티아고 순례길을 걷는 여행객에게 한식과 잠자리를 제공하는 내용이었다. 서울-부산 왕복 거리보다 긴 800킬로미터를 걷는 순례자들은 각자의 사연을 가지고 있었다.

그중 기억에 남는 순례자가 있다. 늦은 시간에 너무도 지친 모습으로 하숙집 문을 두드렸던 외국인 남성이다. 몇 킬로미터나 걸었을지 도무지 가늠되지 않을 정도로 피곤해 보였던 그는 식사 시간에 각자의 이야기를 털어놓는 여느 순례자들과 달리 조용히 밥만 먹었다. 그러고는 다음 날 해가 뜨지도 않은 새벽에 30킬로그램도 넘어 보이는 배낭을 메고 어두운 길을 나섰다. 어떤 사연인지 방송에서 다루지는 않았지만, 내게는 그 순례자가 마치 몸을 혹사시킴으로써 마음을 달래려는 것처럼 보였다.

무슨 일이 그토록 그를 힘들게 한 걸까. 그 길의 끝에 그는 평온함을 되찾았을까? 궁금함과 함께 걱정이 오랫동안 가슴 한구석에 남았다. 어쩌면 순례길은 그의 뒷모습으로 내게 각인되었던 것 같다.

2년 뒤, 나와 남편은 우리가 걷게 되리라곤 상상도 못 했던 그 길을 걷기로 했다. 제안한 것은 남편이었다. 세계여행을 본격적으로 시작하기 전에 어지럽혀진 머릿속을 비우고 싶다고 했다.

순례자들은 저마다의 이유로 그 여정을 결심한다. 단순히 걷는 행위가 좋은 사람부터 종교적인 이유로 걷는 사람, 현실로부터 도피하기 위해 떠난 사람, 새로운 경험과 도전에 의미를 두는 사람까지, 서로 다른 이유를 가진 사람들이 모이는 곳이 바로 산티아고 순례길이다.

내가 걷고자 한 순례길은 현실 도피와 새로운 도전, 그 사이 어디쯤이었던 것 같다. 800킬로미터를 온전히 걷고 나면 나를 발견할 수 있지 않을까 하는 기대도 있었고, 사람들이 순례길을 찾는 이유가 궁금하기도 했다. 그곳엔 아직 내가 발견하지 못한 특별한 무언가가 있을 것만 같았다.

그렇게 뚜렷한 목적 없이 순례길을 떠났다.

끝없이 펼쳐지는 들판과 농지를 서슴없이 돌아다니는 말과 소…… 울타리 밖 동물들을 보면서 동물들에게도 저마다 생애가 있구나 싶었다. 자연과 인간의 영역이 조화롭게 섞여 있는 순례길을 걸으며, 순례자들이 왜 이 길을 거듭해서 찾는지 이해가 갔다. 세월이 흘러가는 동안에도 이 들판만큼은 늘 변함없을 것 같았다.

한 걸음 내딛기도 힘들 만큼 숨이 가빠지는 오르막길을 묵묵히 오르다 보면, 그 끝엔 아름다운 풍경이 보상처럼 펼쳐진다. 반면 완만한 길은 걷기 편하지만 금세 지루함이 찾아온다.

길은 삶과 닮아 있었다. 힘든 시기엔 도무지 이 괴로움이 끝나지 않을 것 같지만, 결국 언제 그랬냐는 듯 평온한 순간이 찾아온다. 순례자들이 이 길을 다시 찾는 이유는 길이 주는 메시지를 한 번 더 듣고 싶어서가 아니었을까.

10킬로그램의 배낭을 메고 하루를 걸으면 20킬로미터 정도를 걷게 된다. 자연의 경이로움에 감탄하는 것도 잠시, 계속해서 새로운 풍경을 보고 싶은 욕심이 무색하게 내 걸음은 너무도 느렸다. 비슷한 풍경이 지속될수록 걷는 시간이 지루해졌다.

그렇게 익숙해진 길 위를 걷다 보면 풍경보다는 자신만의 속도로 걷고 있는 순례자들이 눈에 들어오기 시작한다. 이 길에 선 이유만큼이나 걷는 방식도 다양하다. 종착지인 산티아고 데 콤포스텔라에 도착하는 것을 목표로 빠르게 걷는 순례자가 있는가 하면, 가볍게 동네를 산책하듯 걷는 순례자도 있고, 어떤 이는 길을 구간별로 쪼개어 휴가 때마다 나누어 걷는다.

순례자들은 알베르게라는 숙소에서 고단했던 하루의 피로를 푸는데, 나는 그곳에서 만난 사람들에게 이 길을 걷는 이유를 물었다. 도무지 내가 왜 이 길을 걷고 있는지 답을 찾을 수 없었기 때문이었다.

덴마크에서 온 스물여섯 살 마야는 자연이 좋아서 걷는다고 했고, 노르웨이에서 온 여학생은 고등학교 졸업 후 앞으로 무슨 일을 하며 살지 고민이 되어 생각하러 왔다고 했다. 스페인에서 스포츠 마사지사로 일하는 아르투는 그저 걷는 행위가 좋아서 시간이 날 때마다 걷고 있다고 했다. 내가 만난 순례자들은 길 위에 선 분명한 이유가 있었다. 확신에 찬 어투로 말하는 그들과 대화를 나눌수록 나는 점점 더 혼란스러워져 갔다.

　흔히들 순례길을 걸으면 인생의 어떤 깨달음을 얻게 될 거라고 기대하곤 한다. 나 또한 그랬다. 많은 사람이 걷는 걸 보면 분명 그곳에서 얻어지는 무언가가 있으리라는 기대감에 길을 떠나왔다. 그런데 내가 만난 사람들은 무언가를 얻지 못하게 된다 해도 애초에 그 길에 오른 본질적인 이유가 선행했다.

　반면 나에게 열흘 남짓 동안 순례길은 그저 또 다른 여행이었다. 다른 여행과 다른 점이 있다면 나무, 돌, 땅에 새겨진 노란색 화살표만 따라가면 구글맵 없이도 다음 마을에 도착할 수 있고, 어떤 식당에서 어떤 메뉴를 골라야 할지 고민할 필요 없이 준비된 순례자 메뉴를 먹으면 된다는 점이었다. 누군가는 무작정 걷다 보면 잡생각이 사라지고 머릿속이 비워진다는데, 나는 반대였다. 어디로 가야 하는지, 뭘 먹으면 좋을지 선택지들이 사라지고 나니까, 도리어 내가 왜 이 길을 걷고 있으며, 한국에 돌아가면 어떻게 살아야 할지 잊고 있던 걱정들이 하나둘씩 고개를 내밀기 시작했다.

결국 우리는 열흘을 넘겼을 때 순례길 걷기를 중도 포기했다. 몸이 아프거나 힘들어서가 아니었다. 몸이 힘들면 마을에 머무르며 쉬고 싶은 만큼 쉬어도 되었고, 중간중간 버스를 타고 이동해도 되었다.

　멈춘 이유는 '우리가 왜 이걸 하는지 알 수 없어서'였다. 하루에도 몇 번씩 남편에게 물었다. "우리 여기 왜 왔지?", "우리 이거 왜 하고 있는 거지?" 힘들어서가 아니라 근본적인 의문에서 시작한 질문이었다.

　우리에겐 진정한 동기가 없었다. 자기 자신에 대해 생각해 보고 싶은 사람들이 순례길을 걷는다길래, 수 세기 동안 전통적으로 사람들이 여행했던 길이라길래 호기심에 시도해 본 여정이었다.

　내 안에서 우러나온 동기가 없는데 남들이 한다고 해서 시작한 일이 어떤 회의감을 불러일으키는지 똑똑히 느낀 체험이었다. 생각해 보면 진로 선택도 마찬가지였다. 여자에겐 교사가 직업으로 최고라고 해서, 부모님이 안정적이라고 권해서, 비슷한 성적의 친구들이 으레 그렇게 하니까……. 나의 내부가 아닌 외부에서 온 수많은 동기가 이끈 선택의 끝에는 퇴직이 있었다.

비록 중간에 포기했지만, 순례길을 걸으며 나에 대해 알게 된 두 가지가 있다.

1. 나는 스스로 납득되지 않는 모호한 동기로 시작한 일은 끝까지 해내기 힘들다.
2. 나는 예측 불가능한 환경 속에서 높은 자율성을 가지는 게 잘 맞는 사람이다.

도가에선 문명이나 욕망을 무분별하게 추구하는 것을 거부하며 자연적으로 사는 삶이 자유라고 말하고, 불가에서는 죽음이 자유가 될 수도 있다고 말한다. 진정한 자유란 무엇일까?
내가 생각하는 자유는 '선택의 자유'에 가깝다.
사르트르는 인간의 자유가 '형벌'에 가깝다고 말했다. 자유의 이면에는 책임이 따르기 때문이다. 그 책임은 생각보다 무겁다는 것을, 어른이 되면 알게 된다. 어떤 사람들은 자유의 대가에서 벗어나기 위해 스스로 자유를 포기하거나 제한하기도 한다. 그러나 사르트르는 자유를 형벌이라고 부르면서도, 한편으로는 자유를 포기하고 삶을 타의나 외부 조건에 맡기는 것이야말로 '자기기만'이라고 정의했다.
자유를 좇아 형벌을 선택할 것인가, 자유를 포기하고 자기기만을 선택할 것인가? 어느 쪽도 쉽지는 않다. 어느 쪽이든 그 길에 따르는 고행을 짊어지게 된다. 그렇기에 산다는 것 자체가 괴로운 것 아닐까?

내 자유의 무게는 생각보다 무거웠다. 직장을 그만두면서 시간적 자유를 얻는 대신 월급을 포기했고, 스물네 시간을 내 마음대로 쓸 수 있는 시간 부자가 되었지만, 넘쳐나는 시간을 어떻게 쓰면 좋을지 매 순간 고민해야 했다.

순례길 걷기도 마찬가지다. 중도 하차하는 것은 내 자유였지만, 누군가는 완주하지 않은 우리를 비웃었다. 나 스스로도 칼을 뽑아 무도 썰지 못했다는 자괴감이 들었으니, 누군가 힐난하더라도 그건 내가 감당할 몫이었다.

그러나 그만두지 않고 완주했더라면 참고 견뎌내야 했을 시간 또한 선택의 대가다. 어떤 선택을 하든 그 뒤에는 순례길에서 짊어지고 걸어야 했던 배낭만큼 무거운 대가가 있었을 테다.

제아무리 사르트르가 자유를 형벌에 비유했더라도, 나에게 자유는 살아 있음을 느끼게 해주는 선물이다.

나는 상황을 변화시키려고 주체적으로 노력하는 과정에서

삶의 의미를 찾아가고 있다. 그리고 이 의미들이 자유의 이면에 있는 책임과 불안을 해결해 나가도록 도와줄 든든한 버팀목이 되리라 믿고 있다.

라스베이거스의 햇빛

라스베이거스의 햇빛은 너무 예쁘다. 햇살이 바람에 흩날리는 나뭇잎에 스쳐 말 그대로 찬란히 부서진다. 다른 곳의 햇빛과는 분자부터 달라 보인달까. 일본 사람들은 선글라스보다 양산을 쓰고, 미국이나 유럽 사람들은 양산보다 선글라스를 많이 쓴다. 문화의 차이도 있겠지만, 혹시 각 대륙의 햇빛이 그 성질부터 다르다 보니 그런 결과로 이어진 건 아닐까? 혼자 상상을 해본다.

『스물아홉 생일, 1년 후 죽기로 결심했다』라는 책에서 화자 아마리는 무기력한 자신을 탓하며 죽으려고 시도했다가, 결국 죽을 용기조차 없어 살아간다. 그러던 중 TV에 나오는 라스베이거스의 화려한 모습에 반해, 죽더라도 라스베이거스에는 한 번 가보고 죽어야겠다는 결심을 한다. 하지만 여행 경비가 없었던 그녀는 투잡, 스리잡을 뛰어서 1만 달러를 모았다. 그렇게 모은 돈 1만 달러를 카지노에서 다 써버리고 죽어야겠다는 계획을 세우곤 말이다. 하지만 아마리는 돈을 잃지 않았다. 가지고 온 1만 달러는 1만 5달러가 되었다. 그렇게 모든 돈을 탕진하고 라스베이거스에서 생을 마감하려고 했던 아마리는 결국 죽음을 택하지 않았다. 카지노에서 딴 돈은 고작 5달러뿐이었지만, 그녀에게는 라스베이거스에 가겠다는 인생의 목표가 생겼고 그걸 이루는 과정에서 삶의 의지를 되찾았으니까.

아마리와 비슷하게 무기력한 하루하루를 살아가던 나는 당시 이 책을 읽고 가슴이 뛰어 잠을 이루지 못했다. '언젠간 아마리처럼 꼭 한번은 라스베이거스에 가봐야지. 라스베이거스가 대체 어떤 곳이길래? 나도 그녀처럼 라스베이거스를 좋아하게 될까?' 하는 생각 때문에.

아마리와 나는 비슷한 점이 많았다. 내가 직장을 그만둔 것도 만 서른 무렵, 그때 나는 꿈도 희망도 하고 싶은 것도 없었다. 그래서 아마리가 라스베이거스로 떠났듯이 세계여행을 떠났다. 뭘 하면서 살고 싶은지는 모르겠지만 해외여행을 떠나 보면 앞으로 하고 싶은 게 뭔지 알게 되겠지, 그런 생각으로.

그리고 정말로 그렇게 되었다. 내가 하고 싶은 일이 여행하면서 보고 느낀 것을 사람들에게 솔직하고 생생하게 전달하는 일이라는 걸 알게 되기까지 3년이 걸렸다.

처음 카메라 앞에서 촬영했을 때만 해도 나는 쭈뼛쭈뼛거렸다. 뭐라고 말을 뱉기는 했지만 민망함과 자의식을 버리지 못해 소극적이고 재미없게 행동했다. 유튜브를 하겠다고 선포는 했지만 그건 세계여행을 떠나기 위한 구실이었을 뿐, 정말로 크리에이터가 될 준비는 되어 있지 않았던 것이다.

그렇게 전혀 수익이 나지 않는 2년 차 유튜버가 되었다. 그동안 소극적인 내 태도에도 불구하고 꿋꿋이 촬영하고 편집을 도맡아 준 남편에게 미안한 마음까지 들 무렵, 이렇게 해서는 안 되겠다는 생각이 들었다. 나는 나의 정체성을 아직까지도 '퇴사한 직장인'으로만 잡고 있었을 뿐, 진정으로 사람들에게 무언가를 전하는 크리에이터가 되지는 못했던 것이다.

그 자각을 시작으로 보다 적극적으로 카메라에 대고 말하기 시작했다. MBTI 슈퍼 I로서 '이런 말을 해도 될까', '욕먹진 않을까', '지금 카메라에 내가 못생기게 나오진 않을까' 하는 걱정이 매 순간 들었지만, 얼굴에 철판을 깔다 보니 어느새 걱정은 바람에 날아가 버렸다. 카메라를 들고 있는 남편에게 미안해서라도 내 본분만큼은 제대로 해야 했다.

그렇게 나를 '유튜버', '여행가', '크리에이터'로 재정의하고 나니, 내 태도가 달라져 있었다. 나를 그렇게 정의한 순간부터는 적어도 본분을 게을리하는 한심한 사람이 되고 싶지는 않았기 때문이다. 인생의 많은 할 일 가운데서 무엇을 열심히 할 것인가는 나 자신을 무엇으로 정의하느냐에 달려 있었다. 결국 모든 건 정체성 문제였다.

MBC 라디오에서 '잠깐만' 코너를 녹음할 기회가 있었다. 라디오 작가님으로부터 질문지를 받는데, 어떤 질문이 나를 잠시 멈추게 했다. "세계여행을 하면서 본인이 많이 변했다고 생각하시나요? 변했다면 어떻게 변했다고 생각하시나요?"

여행하면서 나는, 우리는 많이 변했다. "탕수육 먹을 때 찍먹이야, 부먹이야?" 물어보는데, 이건 찍먹도 해보고 부먹도 해본 사람이 대답할 수 있는 질문이다. 말하자면 우리는 다양한 맛을 본 것이다. 그래서 내가 어떤 사람인지 이해의 폭이 넓어졌다. 나는 어떨 때 화가 나고 기분이 다운되는지, 어떨 때

기운이 나고 행복한 사람인지 알 수 있을 만큼 경험이 많아졌기 때문이다. 이게 바로 경험의 맛이겠지.

나를 알고 나니, 저절로 해보고 싶은 게 많아졌다. 얼마 전 친구에게 "이런 것도 해보고 싶고, 저런 것도 해보고 싶어" 하며 조잘조잘 떠들었더니 친구가 내게 말했다. "현주야, 너는 하고 싶은 게 진짜 많다."

그 말을 듣고 깜짝 놀랐다. 나는 인생의 어느 시점까지, 시간이 넘쳐나는 방학 때조차 아무런 취미생활도 즐기고 싶지 않아 할 정도로 하고 싶은 게 없는 사람이었기 때문이다. 만사가 귀찮고 그저 소파에 누워 있고 싶은 사람이었다.

나를 알고 나면 꿈이 생긴다.

아마리는 왜 하필 라스베이거스에 가고 싶었을까? 아마도 라스베이거스가 허황된 꿈이나마 많은 사람이 꿈을 갖고 모여드는 곳이기 때문이겠지. 삶은 무언가를 하고 싶다는 열망과, 더 나아질 거라는 희망 없이는 라스베이거스의 사막처럼 너무 무미건조한 것이니까.

사막에 세워진 희망의 도시 라스베이거스는 정말 대단했다.

라스베이거스는 사람을 살아 있고 싶게 하는 곳이다. '내가 이렇게 아름다운 걸 보려고 살아 있구나, 세상에는 아직도 내가 모르고 있는 행복과 아름다움이 많구나'라는 걸 깨닫게 하는 곳이다.

나는 다양한 햇빛을 경험하며 사는 일이 행복한 사람이고, 그래서 많은 곳의 햇빛을 경험해 보고 싶다. 아직도 가야 할 곳이, 경험해야 할 햇빛이 많이 남아 있다.

오늘이 내 삶의 마지막 날이라면

20대부터, 어쩌면 그보다 더 오래전부터 나의 최대 관심사는 삶과 죽음이었다. 웰빙(well being)과 웰다잉(well dying)에 무관심한 사람이 누가 있겠냐마는, 10대, 20대 시절 또래 친구들이 화장법이나 패션을 검색할 때 나는 안락사를 허용하는 국가를 구글링했고, 유일하게 외국인에게 안락사를 시행하는 기관인 디그니타스가 스위스에 있다는 사실을 알았을 때는 든든한 생명보험에 가입한 기분마저 들었다. 디그니타스도 말기 질병을 앓고 있거나 심각한 정신 질환을 앓고 있는 사람들에게만 안락사를 실시하고 있다는 사실은 나중에야 알았다.

몇 안 되는 나의 가까운 지인들은 내 꿈이 안락사로 죽는 거라는 걸 안다. 건강한 신체를 가진 젊은 여성에게서 꿈이 안락사라는 이야기를 들으면 지인들은 하나같이 뜨악하다는 반응을 보였고, 항상 비슷한 질문이 돌아왔다.

"하루에도 영양제를 열 알도 넘게 먹으면서 뜬금없이 웬 안락사야?"

생명을 경시해서가 아니다. 잘 살고 싶고, 잘 죽고 싶어서다. 삶이 내게 주어진 하나의 과제라면 그 프로젝트의 끝도 내가 정하고 싶을 뿐이다.

웰빙. '잘 산다는 것'은 뭘까? 불과 몇 년 전만 해도 나는 어떤 성공을 해야만 잘 산 삶이라고 생각했다. 그렇다면 성공이란 뭘까? 좋은 직업을 갖고 그 분야에서 손꼽히는 사람이 되는 것. 그게 성공일까?

가끔 부모님이 무심코 하는 말이 있다. 아무개 아들은 의사가 됐고, 이사 온 옆집 아주머니 딸은 이름만 대면 알 정도로 유명한 로펌의 변호사라고. 그런 이야기를 들을 때마다 생각했다.

그래서 그들은 지금 행복할까? (지극히 본인만 알 일이다.)

죽음 앞에선 돈도 명예도 무용지물이다. 스티브 잡스가 스탠퍼드대학교 졸업식 축사로 했던 연설의 세 번째 키워드는 '죽음'이었다. 췌장암 판정을 받고서 죽음에 한 발짝 가까이 간 그는 매일 아침 거울을 보며 물었다고 한다.

'오늘이 내 인생의 마지막 날이라면, 나는 지금 하려는 일을 하고 싶은가?'

나도 매일 아침 출근길에 생각했다. 오늘이 내 삶의 마지막 날이라면 나는 오늘 하려는 일을 하고 싶을까? '아니'라는 대답이 거듭될 때마다 뭔가 단단히 잘못됐다는 생각이 들었다. 갑작스러운 사고로 당장 내 앞에 죽음이 닥쳐온다면, 한평생 내 몸에 맞지 않는 일만 해온 내가 가여울 것 같았다.

여행 유튜버가 된 지금, 나는 아직도 비행기를 탈 때마다 내가 지금 비행기 사고로 죽는다면 무얼 가장 후회할까 상상하곤 한다. 내게 선택의 기로에서 가장 큰 용기를 준 건 언제나 이 질문이었다. 선뜻 어떤 일을 시작하지 못하고 망설이고 있을 때 '내일 내가 죽는다면?'이라는 질문을 던져본다. 그러고 나면, '해보는 게 죽는 것보단 낫잖아!', '죽기 전에 해봐야 안 억울하지 않겠어?' 하는 실행 의지가 타오르곤 했다.

누군가는 이런 내게 인간은 대부분 내일 죽지 않는다고, 미래를 생각하며 살라고 조언하고 싶을지도 모르겠다. 하지만 지금까지의 경험상 하고 싶은 일을 하고 났을 때의 후회가 하지 않았을 때의 후회보다는 덜했다. '먹을까 말까 할 땐 먹지 말고 할까 말까 고민될 땐 하라'는 말처럼.

2011년, 스물네 살의 나는 친구와 함께 한 달간 유럽으로 배낭여행을 떠났다. 열흘 정도가 흘렀을까? 오스트리아 빈에서 어떤 한국인 언니를 알게 되었다. 언니는 의사로 일하다가 막 그만두고 유럽에 온 상태였다. 나보다 열 살 많은 그녀는 대학병원에서 레지던트로 일하며 하루에도 수십 명의 죽음을 지켜봤다고 했다.

그렇게 삶과 죽음에 대해 새로이 느끼던 중 남자친구에게 프러포즈를 받았고, 그 일이 기폭제가 되어 프러포즈를 거절한 뒤 병원을 그만두고 모아두었던 결혼 자금을 들고 혼자 배낭여행을 떠나왔다고 했다. 남자친구의 프러포즈가 그녀에게 정확히 어떤 트리거가 되었는지는 모르겠다. 당시 나는 발령을 앞두고 곧 월급이 나온다는 사실에 그저 들떠 있는 예비 교사였고, 인생이라는 게 무엇인지 알기 위해 떠나온 그녀의 고민이 그렇게까지 와닿지는 않았으니까.

당시 나는 그녀가 왜 남자친구의 프러포즈를 거절했는지, 왜 의사 일을 그만뒀는지보다는 여행 중 만난 독일 남자와의 로맨스에 더 흥미를 보였다. 불과 몇 년 뒤 나 역시 같은 고민을 안고 길을 떠나게 될 줄도 모르고 말이다.

지금 그녀는 어디에서 뭘 하며 어떻게 살고 있을까?

한국에 돌아가 다시 의사가 되었을까, 아니면 독일인 남자친구와 유럽 어딘가에서 사랑을 하고 있을까. 수많은 죽음을 지켜본 그녀가 내린 선택은 삶의 마지막 순간에 아쉬움을 남기지 않을 선택이었을까?

어느 쪽이든 치열하게 고민하고 넓은 세상을 찾아 나선 그녀이기에 분명 후회 없는 선택을 했으리라 믿는다.

오늘이 내 삶의 마지막 날이라면,

나는 지금 하려는 일을 하고 싶은가?

2장

✦

먹고사는 일의 기쁨과 슬픔

불편함은 절대적 불행이 아니었고,
편리함은 절대적 행복이 아니었다.
신혼집에선 당연했던 편리함이
내겐 오히려 불행이었고,
집 없이 떠돌아다녔던 지난 몇 년간의 불편함은
도리어 행복이었다.

내 탓이라서 오히려 좋아

우리의 유튜브를 보신 분들이라면 지겹도록 들었을 말이 있다. 바로 "더 많은 경험을 하고 싶어!", "경험해 봤으니 됐어", "경험해 봐서 좋아"일 것이다.

지난 5년간 다양한 곳을 여행했다. 세계여행은 말할 것도 없고, 단양, 목포, 철원, 제천 등 살면서 한 번도 가볼 일이 없던 국내 지역도 다녀왔다. 여행 기간이 길어지면서 우리의 여행 방식도 바뀌었다. 숙소의 평점과 가격과 후기를 꼼꼼히 비교하고, 직접 발품을 팔아 실물을 보고 결정하던 것과 달리, 이제 하룻밤 숙소쯤은 당일에 구한다는 마음으로 간다. 끼니를 해결한 식당 앞에 숙소가 보이면 그냥 들어간다. 다년간의 경험을 통해 '어차피 겪어보지 않으면 모른다'는 것을 깨달았기 때문이다.

선택은 필연적으로 후회를 남긴다. 우리는 어떤 한 가지 일을 하면서 동시에 두 가지 시간과 장소에 있을 수는 없기 때문이다. 어떤 선택에 'YES'라고 답한다는 것은, 분명히 다른 질문에는 'NO'라고 대답할 수밖에 없다는 뜻이다.

지금까지 많은 곳을 떠돌아다녔고, 1년은커녕 일주일이나 하루의 루틴도 존재하지 않았다. 매 순간이 선택이었다. '결정 장애'라는 단어가 있듯이 어떤 사람에게는 매번 뭘 선택하는 것 자체가 고역일 수도 있지만, 나는 선택하는 것을 좋아했고 새로운 경험을 하는 게 좋았다.

그렇다고 해서 아쉬움이 없을 수는 없다. 그럴 때는 그냥 유튜브에 "이거 말고 차라리 저걸 먹을걸 그랬어", "여기 말고 저기를 갈걸 그랬나 봐"라고 한번 떠들고 만다. 그러니 유튜브는 내 선택에 대한 기록이자 그 결과에 대한 호불호까지, 나라는 인간의 총체가 담긴 소중한 역사인 셈이다.

주식 투자도 마찬가지다. "이 종목 말고 저 종목을 살걸 그랬어.", "아, 이걸 그때 팔았어야 했는데……." 물론 이런 선택의 결과는 앞선 것보다는 조금 더 뼈아프다. 그래도 우리는 항상 '이번에는 이러한 교훈을 얻었군' 생각해 버리고 만다. 지금 얻은 깨달음조차도, 이 결과가 오지 않았으면 얻지 못했을 소중한 보상이기 때문이다. 단지 그 보상이 돈이 아닌 무형의 것이라는 점만 다를 뿐, 똑같이 소중하다.

몇 년간 여행을 다니면서 내가 한 크고 작은 선택이 정말 많기 때문에 후회를 하자면 한도 끝도 없다. 이럴 때는 그냥 '후회하지 않는 자'라는 포지션 자체를 만들어간다. 내 성격과 캐릭터를 그렇게 규정하며 스스로를 세뇌하는 것이다.

미국 여행을 할 때는 동남아에서처럼 모든 결정을 쉽게 할 수 없었다. 교통비든 외식비든 숙소비든 전부 비쌌고, 동남아에 비교하자면 물가가 족히 몇백 배는 오른 셈이었다. 우리는 점심으로 뭘 먹을지 1분 만에 결정하는 사람들에서, 갑자기 후기를 철저히 찾아보는 사람들이 되어버렸다. 비싼 밥을 먹었는데 만족도가 그에 상응하지 못하면 아까웠다.

내 캐릭터를 '후회하지 않는 자'로 정하게 됐던 그 일은 미국 스타벅스에서 찾아왔다. 커피를 주문했는데 잘못된 메뉴가 나온 것이다. 하지만 나는 영어를 잘 못한다. 잘못된 메뉴가 나왔다고 어버버 설명하려다가 포기하고 그냥 마셨다. 어찌어찌 설명할 수야 있겠지만 서툰 영어로 또 한 번 대화를 하느니 차라리 그걸 그냥 먹기로 한 거다. 카메라 앞에서 그 상황을 설명하는데 '풉' 하고 웃음이 나왔다. 내가 영어를 못하는 걸 어찌하리! 영어를 할 줄 모르면 돈을 내고 다시 주문하든가 아니면 그냥 잘못 나온 메뉴를 먹든가 해야 한다. 돈으로 때우든가 몸으로 때우든가, 그게 여행자의 순리인 법이다. 그래서 웃으며 카메라에 대고 말했다. "내 탓이오~ 하고 먹어야죠."

모든 걸 '내 탓이오~'라고 생각하면 우울해질 것 같지만, 실은 그렇지 않다. '네 탓이오~'라고 생각하면 외부 요인을 원망하게 되지만, '내 탓이오~!'라고 생각하면 내가 노력하기에 따라 이 상황을 바꿀 가능성이 생기기 때문이다. 외부 요인에 따라 결정되었다고 여기면 바꿀 수 없는 요인들 때문에 한숨이 나오고, 스스로 선택했다고 여기면 세상에서 유일하게 바꿀 수 있는 나 자신에 집중하게 된다. 그러면 지금 형편없어도 언젠가는, 언젠가는 내가 영어를 잘하게 되겠지, 언젠가는 내 체력이 나아지겠지 생각할 수 있다.

그러니 긍정적인 태도란, 오히려 모든 게 내 탓이라는 생각에서 오는 게 아닐까?

오늘도 나는 선택을 한다. 결과가 좋든 아니든 경험이라는 이름으로 포장하고 가능한 한 긍정적으로 받아들이려고 한다.

내 탓이니 후회를 하더라도 내가 하고, 배우더라도 내가 배운다. 남에게 피해를 주지 않고, 나도 남을 원망할 이유가 없는 선택, 그런 선택들을 꾸준히 하면서 남은 삶을 채워가고 싶다.

행복은 소비에서 오지 않는다

2018년 남편의 퇴사와 동시에 신혼집을 정리했다. 사과 박스 여섯 개만 남을 때까지 가진 것을 전부 팔았다. 혼수였던 소파, TV, 냉장고, 침대, 세탁기, 이불, 하다못해 그릇과 수저까지…… 배낭 안에 들어가는 건 아무것도 없었다. 주말마다 지인들과 파티를 벌일 작정으로 산 큰 식탁은 집을 빼는 날까지도 팔리지 않아서 부모님의 오래된 식탁을 대신할 선물로 둔갑했다.

짐을 처분하기로 마음먹었을 땐 큼직한 가구, 가전을 과연 누가 가져갈까 고민했는데, 오히려 문제는 누구에게 주기도 팔기도 애매한 자질구레한 물건들이었다. 선반에 올려놓으면 예쁘겠지 생각하며 샀던 소품, 허전한 벽에 걸어둘까 싶어서 샀던 조화, 휴지 케이스, 실내화 걸이…… 우리 집에 이렇게 많은 물건이 있었다니 놀라움을 금할 수 없었다. 공포스럽기까지 했다. 결국 팔거나 나누지 못한 물건은 쓰레기봉투에 담아 신혼집에서 떠나보냈다.

소비의 기쁨은 잠시였고, 물건들을 쓸모없이 떠나보냈다는 죄책감은 꽤나 오래갔다. 사용하는 데 지장 없는 멀쩡한 물건인데 하루가 멀다 하고 대형 폐기물을 내놓는 내가 지구 파괴자 같기도 했다. 그날 이후 몇 년 동안 소비 자체에 죄책감이 들어서 쉽게 물건을 살 수 없었다. 이게 과연 나한테 진짜 필요한 물건일까? 나중에 팔게 된다면 쉽게 팔 수 있을까?

그때 깨달았다. 나는 저 가구를 사면서 어떤 환상을 같이 샀다는 것을. 안정된 월급이 들어오기 때문에 긁을 수 있었던 신용카드로, 정년퇴직할 때까지 아파트에서 살아갈 내 미래를 같이 샀다는 것을. 하지만 내 직업에 대한 확신은 몇 년 만에 무너졌고, 그와 함께 30여 년간의 내 세상도 무너지고 있었다.

환상을 뺀 물건들은 갑자기 보잘것없고 초라해 보였다. 매장의 조명 밑에서 반짝이던 물건들이 생활 속으로 들어오면 갑자기 매력이 반감되는구나. 그 환상을 빼고도 이 물건에 그 가격을 지불할 수 있는지, 합당한 진짜 가격은 얼마인지, 그걸 생각해야 하는 거였구나. 폐기물로 내놓은 물건들을 보면서 생각했다.

모든 물건을 비워내 봤기 때문에, 아직도 무언가를 살 때 불필요한 소비는 아닐지, 언젠가 처분해야 할 때 가치 있게 써줄 사람이 있을지 신중하게 생각하는 편이다. '이게 없을 때도 잘 살았는데 또 사는 게 맞는 걸까? 배낭만 메고 이곳저곳을 돌아다닐 때도 분명 행복했는데'라는 생각을 곱씹어 보면서.

얼마 전 커피 머신을 장만했다. 세계여행을 할 때 커피 머신은 소유하려 해선 안 되는, 오르지 못할 나무였다. 미국을 기차로 횡단할 때도 배낭에 드리퍼와 필터를 바리바리 싸 들고 다니며 커피를 손수 내려 먹었다.

한국에 돌아온 뒤 처음에는 커피 머신만큼은 사지 않으려고 했다. 모든 걸 돈으로 해결할 수 있는 한국의 편리함에 맞춰 성격도 같이 급해지던 와중에 '커피라도 불편하게 먹자' 싶었다. 하지만 결국 유혹을 이기지 못하고 귀국한 지 딱 1년 만에 커피 머신을 들였다. 추운 겨울 미국의 허름한 호텔에서 드립 커피를 내려 먹던 낭만이 한국 생활 1년 만에 끝나버린 셈이다.

버튼만 누르면 향긋한 에스프레소가 추출되는 전자동 머신을 쓰면서 나는 아직도 편리함이 주는 고마움을 느낀다. '아, 여행 다닐 적엔 꿈도 못 꿨을 만큼 편하게 살고 있네'라고 생각하면서.

불편함은 절대적 불행이 아니었고, 편리함은 절대적 행복이 아니었다. 신혼집에선 당연했던 편리함이 내겐 오히려 불행이었고, 집 없이 떠돌아다녔던 지난 몇 년간의 불편함은 도리어 행복이었다. 정착할 집을 구해 지난날 내가 처분했던 물건들을 다시 들이기 시작한 지금, 편리함은 비로소 행복으로 다가오고 있다.

한국에 집을 구한 지 1년이 다 되어간다. 처음 집을 구한 건 한국에 임시 거처가 필요해서였으나, 어쩌다 보니 앞으로도 살 집이 되어버렸다. 있으면 편리하겠구나 싶은 물건도 늘어났다. 정확히 말하자면 없어서 불편한 물건의 목록이 늘어났다. 신혼 때는 물건을 한꺼번에 사서 입주했다면, 이번엔 텅 빈 집에 몸만 들어와 살면서 꼭 필요한 물건만 하나씩 모아가는 재미가 있다. 그렇게 정말 원하는 물건이 맞는지 고민하고 또 고민한 끝에, 우리 집은 1년 만에 일일 드라마에 나오는 평범

한 가정집의 구색을 갖추게 되었다

여행하며 행복했던 순간이 많았지만, 집이 없어 고생스러운 순간도 많았다. 도저히 밥을 지을 수 없을 정도로 까맣게 타 있던 냄비, 남은 음식이 그대로 상해버리던 냉장고 없는 주방, 퇴실하는 날 아침까지 마르지 않아 축축했던 손빨래, 비염을 유발하던 세탁한 지 오래된 패브릭 소파, 움직일 때마다 삐거덕거리던 침대……. 내가 지금 누리고 있는 것들은 그때 절대 당연하지 않았다.

사람들이 여행을 끝내고 "역시 집이 최고야"라고 말하듯이, 1년이 지난 지금도 우리가 누리고 있는 모든 게 고마움으로 다가온다. 아직도 냉장고를 열 때마다, 냄비에 찌개를 끓일 때마다, 건조기를 쓸 때마다, 소파에 앉을 때마다, 침대에 누울 때마다 감사한 마음이 든다.

얼마 전 우리는 차를 살지 말지 고민했다. 첫 차는 시부모님께서 물려주신 구형 쏘렌토였는데, 세계여행을 앞두고 500만 원에 팔았다. 우리가 가장 늦게 처분한 물건이었다. 그래서인지 차 키를 새 주인에게 넘겨주던 순간이 아직도 선명하다. 떠나가는 쏘렌토의 뒷모습을 보면서 남편에게 말했다. "이제 우

리한테 남은 건 아무것도 없어……." 집을 처분할 땐 홀가분했
는데, 자동차를 떠나보내고 나니 이상하게 슬펐다. 남은 건 진
짜 '배낭 하나뿐'이라는 게 그제야 실감 나서였을까.

    한국에 돌아온 지금, 우린 여전히 자동차를 소유하고 있지
않다. 필요할 때마다 공유 차량이나 택시를 이용한다. 얼마 전
남편과 이제는 자동차를 구매할 때가 된 게 아닐까 대화를 나
눴다. 밤새 차종과 옵션을 탐색했지만 결국 초심으로 돌아왔
다. 사지 말자.
    한두 푼 하는 물건이 아닌데, 마음에 들지 않는 차를 사고 싶
지는 않았다. 하지만 막상 꿈의 차를 사려니 너무 비쌌다. 그
좋은 차를 한 달에 서너 번 타면서 주차장에 세워둘 텐데, 누
가 흠집을 내지는 않을까 신경 쓰일 것 같았다. 망가져서 수리
비라도 든다면 심장이 덜컥 내려앉겠지.
    이런저런 이유로 자동차 구매를 접은 지 몇 달이 지났다. 그
런데 차가 없어서 불편한 일들이 자꾸만 늘어나기 시작했다.
어딜 갈 때마다 차를 빌려야 하는 번거로움 때문에 일정을 바
꾸거나 주저하기 일쑤였다. 그러자 유튜브에 달렸던 댓글이
생각났다.
    "차가 생기면 아마 차를 쓸 일이 훨씬 많아질 거예요."

아마 우리는 곧 자동차를 구매할 것 같다. 몇 년간 불편했던 경험이 차를 탈 때마다 감사하다는 마음을 들게 할 것이다.

행복이란 소비나 소유에서 오지 않는다. 가지고 있는 것에 감사하는 마음. 그게 행복을 가져다주는 게 아닐까.

중요한 선택을 내리는 순간에 내가 가진 것과 그걸 위해 치른 비용이 내 발목을 붙잡게 만들고 싶지는 않다. 여전히 내 손에 들린 짐이 너무 무겁지 않기를 바라지만, 모순적이게도 종종 과거의 나로 돌아갈 때도 있다. 어리석은 과정을 반복하고 있는 건 아닐까 싶을 때면, 나는 농담처럼 이렇게 말한다.

"배낭 하나가 전부였던 시절에도 충분히 잘 살았다고!"

그래. 분명 우리는 배낭 하나로도 행복하게 잘 살았다. 행복이란 가진 것에 감사하는 마음에서 온다는 걸 알았으니, 내가 누리는 이 모든 것이 당연하지 않음을 되새기면서 살면 된 거 아닐까.

욕망이 지연되는 곳

"만약 삶을 선택할 수 있다면, 뉴욕의 낡고 좁은 원룸에서 절약하면서 살고 싶어, 아니면 물가가 저렴한 나라에서 호화롭게 살고 싶어?"

올해 초 인도네시아 자카르타를 여행하다가 남편과 내가 서로에게 던진 질문이다.

남편과 나는 인생 최고의 여행지였던 뉴욕에서 비싼 물가 때문에 장을 봐다 이고 지고 숙소까지 와서 집밥을 해 먹었다. 그뿐 아니라 교통비가 비싸서 웬만한 거리는 걸어 다녔다. 반면 자카르타에서는 '상류사회 체험'을 영상 섬네일로 내걸 정도로 경제적으로 호화로운 여행을 했다. 인피니티 풀장이 있는 호텔, 엘리베이터로 몇 층만 내려가면 먹을 수 있는 조식, 파인다이닝 못지않은 맛과 분위기를 자랑하지만 2~3만 원대에 식사와 음료, 디저트까지 해결 가능한 레스토랑들…….

　우리는 만약 살 곳을 마음대로 정할 수 있다면 뉴욕의 낡고 좁은 아파트에서 살 것인가, 자카르타의 대저택에 살 것인가 진지하게 논의했다. 나는 마음의 여유가 중요하니 그 여유를 가질 수 있는 자카르타에서 사는 게 낫지 않을까 했고, 남편은 가난뱅이로 살더라도 뉴욕에서 살고 싶다고 했다. 이 질문은 구독자들에게도 뜨거운 화두였는지 영상에 다양한 댓글이 달렸다.

　어떤 구독자는 현재 뉴욕에 살고 있는데, 평생 아끼고 절약하면서 사는 건 체험을 넘어선 영역이며, 오래 지속될수록 쉽지 않아진다고 했다. 또 어떤 구독자는 현재 자카르타에 살고 있는데, 인도네시아의 상류층은 평균적으로 한국 상류층보다 훨씬 부유해서, 집에서 일하는 직원만 열 명 이상이라고 했다. 한화 백억 원이 넘는 가격이 매겨지는 주택이 훨씬 많기도 하고, 부유함의 의미가 다를 수 있다고 했다. 싼 물가도 비싼 물가도 익숙해지고 나면 어차피 잘 체감되지 않는다는 댓글까지, 살아본 사람만이 알 수 있는 다양한 면면이 담겨 있었다.

그중 한 댓글이 기억에 남는다.

"호의호식보다 구질구질이 더 기억에 오래 남으니, 본인만 행복하면 당당해지세요."

그 댓글을 보고 잠시 멈춰 있었다.

내가 물가가 저렴한 곳에서 돈을 펑펑 쓰며 호화롭게 살고 싶다고 생각했던 건, 정말로 그게 행복해서였을까, 아니면 한두 푼 아끼려고 아등바등하는 내 모습이 내가 보기에, 또는 남들 보기에 구질구질할까 봐 걱정돼서였을까?

여행하는 동안 천 원, 2천 원에 이렇게까지 귀찮고 복잡한 과정을 감수해야 하나 싶었던 순간들도 있었다. 하지만 만약 그게 생존을 위해 꼭 필요하고 내 가치관에 부합하는 행동이라면, 구질구질하든 말든 무슨 상관이란 말인가. 어차피 해야만 하는 행동일 텐데.

실제로 동남아 여행을 다니면 크게 어려운 점이 없다. 날씨가 덥고 몸이 지치면 택시를 타면 되고, 마사지 비용은 한화로 환산했을 때 말도 안 되게 저렴해서 마사지를 받고 싶을 때 망설일 필요가 없다. 식당은 외관을 대충 훑어보고 큰 걱정 없이 들어간다. 내가 비록 부자 나라의 가난뱅이라고 해도, 이곳에

온 이상 물가 격차 덕분에 대부분의 욕망이 해결된다. 그러다 보니 간절히 먹고 싶은 것도, 간절히 가고 싶은 곳도 없다. 먹고 싶은 것이나 가고 싶은 게 있으면 그때그때 욕망을 해결해버리기 때문이다. 소비나 욕망에 있어 장애물이나 방지턱이 없는 느낌이라고 할 수 있다.

반면 뉴욕 여행은 생애 최고로 행복했던 만큼 몸은 고됐다. 계절은 여행하기에 그리 좋지 않은 겨울이었고, 택시는 너무 비싸 웬만해선 꿈도 꾸기 힘들었다. 우리의 뉴욕 여행 영상을 보면 대부분 코나 귀가 추위에 빨개져 있다. 갖고 싶은데 사지 못한 물건은 너무 많았고, 먹고 싶은데 가성비가 떨어진다는 이유로 마음을 접은 음식도 많았다.

욕망이 바로 해결되지 않는 곳이 뉴욕이었다. 또한 욕망이 바로 해결되지 않기 때문에 욕망이 끝없이 넘쳐나는 욕망의 도시가 바로 뉴욕이었다. 하지만 그곳에서 김밥을 말아 먹으면서 스스로를 구질구질하게 느꼈던 적은 없다. 의심할 바 없이 명백하게 행복했기 때문이다. 설사 조금 구질구질하더라도 그 불편함의 몇 배를 능가하는 크기의 행복이 뉴욕에는 있었다. 그 행복의 정체는 뭐였을까?

욕망이 지연되는 것, 욕망이 바로 해결되지 않는 것, 언제나 조금씩 아쉬운 것, 그렇기에 다음을 기약할 수 있는 것, 언제나 꿈꿀 수 있는 내일과 미래가 있는 것. 뉴욕에서 느낀 행복의 정체는 그게 아니었을까?

여행 경력이 쌓여갈수록 마음으로 느끼는 것이 있다.
'아쉬움이 남아야 다시 온다.'
아쉬움이 남지 않으면 굳이 다시 오고 싶지 않을 것이다.
인생도 같다. 건강한 아쉬움은 나를 계속 앞으로 나아가게 만든다.

그래서 나는 뉴욕에서 뱀의 꼬리로 살고 싶다는 남편의 말이 순간 마음으로 이해가 되었다. 문득 그가 멋있다는 생각도 들었다. 이 마트가 싼지 저 마트가 싼지 하나하나 비교해 가며 장을 봤던 것, 무거운 식재료를 들고 버스를 타고 집으로 돌아왔던 과정 하나하나가 돌아보면 즐거운 추억이었다는 말에 나도 모르게 가슴이 찡했다.

누군가는 구질구질하다고 생각할지라도, 그건 우리가 뉴욕에서 체류 기간을 늘리기 위해, 행복을 연장하기 위해 할 수 있는 최선의 행동이었다. 그리고 그럴 때마다 스스로에게 뿌듯함과 기특함이 들곤 했다.

　어쩌면 삶은 그 뿌듯함과 기특함으로 굴러가는지도 모르겠다. 남들이 봤을 때는 가시적인 성과 없이 그저 현상 유지로만 보이는 행동들도, 나에게는 꽤 노력이 필요할 때가 있다.
　그럴 때 아무도 나를 칭찬해 주지 않더라도 나 스스로는 뿌듯하다. 뉴욕에서 저렴한 숙소를 알아보고 전시가 무료인 날을 알아보고, 두 다리로 씩씩하게 걸어서 목적지까지 갔던 날들의 내가 뿌듯하다. 덕분에 거리만 걸어도 내가 영화 주인공이 된 것처럼 느껴졌다. 마치 드라마 〈가십걸〉이나 우디 앨런의 영화 〈레이니 데이 인 뉴욕〉의 세트장에 들어온 듯, 내가 그 주인공이 된 듯 사랑스럽게 느껴졌다. 내가 나에게 느끼는 그 사랑스러움은 욕망의 충족을 지연시켜 가며 생활을 위한 노력을 성실히 해나가고 있다는 뿌듯함에서 오지 않았을까.

　쉽게 얻은 것은 기억에 오래 남지 않는다.
　훗날 내가 물가가 저렴한 나라에서 호의호식했던 생활을 돌아보며 참 편하고 즐거웠다고 말할 수는 있겠지만, 겨우겨우 고되게 목적지까지 가거나 어떤 소비를 할지 말지 밤낮으로 고민하다가 마침내 어렵게 결정을 내리는 순간들에 비하면 뇌

리에 남는 기억은 적을 것이다.

결국 물가가 낮은 곳이든 높은 곳이든, 어떤 도시에 사느냐가 중요한 건 아니다. 단지 원하는 것을 너무 쉽게 가지는 삶을 경계해야겠다.

살면서 어떤 것도 쉽게 얻어지는 건 없다. 그게 정상이다. 그게 자연스럽다. 쉽게 얻는 것은 진정한 내 것이 아닐 수 있다.

언젠가 물가가 낮은 나라나 도시에 정착해 살기로 결정한다 한들, 저렴한 물가에 기대어 선택을 신중히 하지 않는 사람이 되기는 싫다. 욕망을 신중하게 선택하고, 그 욕망을 채우기 위해 최선을 다하며 살아갈 것이다.

왜냐하면 치열하게 고민하고 신중히 선택하고 최선을 다해 이루어냈을 때, 비로소 나는 사랑스러워지니까.

단군 이래 가장 돈 벌기 쉬운 시대

경제 유튜버 주언규는 현시대를 '단군 이래 돈 벌기 가장 쉬운 시대'라고 했다. 당시엔 이게 무슨 소리지 싶었는데, 이젠 그 말처럼 찰떡같은 비유는 못 찾을 것 같다. 암호 화폐 거래 대금은 이미 코스피 전체 거래액을 추월했다. 유동성 자금이 왜 코인으로 몰리는지, 코인 거래를 한 번이라도 경험해 본 사람이라면 그 이유를 알 것이다. 코인 시장은 사람을 제정신일 수 없게 만드는 곳이다.

도박을 제외하면 주식이나 코인만큼 돈을 잃기도 벌기도 쉬운 판이 있을까? 사람들은 상승장일 때 '돈 복사'라는 말을 쓰곤 한다. "저 돈 좀 복사하고 올게요~"자고 나면 올라 있고,

밥 먹고 나면 또 올라 있다면, 그건 호재라고 해도 무섭다. 언제 또 폭락이 오려나 그게 무서운 것이 아니다. 나는 내 마음이 들뜨는 것이 무섭다.

주식도 코인도 상승장이었던 2021년, 내 마음은 최고조로 붕 떠 있었다. 그럴 때마다 주식을 시작했던 20대를 떠올리려고 노력했다. 기쁨은 잠시고 버티기는 길었던 그 시절, 몇 달치 월급을 클릭 두 번으로 벌고 나니 세상 무서울 것 없이 들떠서 여러 실수를 했던 철없던 나를.

30대에는 긴 여행을 떠나면서, 여행은 낭만이나 이상보다는 도리어 진하게 농축된 자본주의의 축소판에 가깝다고 생각하게 되었다. 사람들은 여행을 낭만 자체로, 또는 반복되는 일상을 떠나 찾는 자유로 여긴다. 하지만 여행은 지속될수록 현실이다. 여행만큼 모든 게 돈으로 환산되는 일이 또 없다. 숙소, 음식, 교통수단, 입장료 등……. 얼마나 돈을 쓰느냐에 따라 여행의 질이 달라진다.

실제로 돈이 전부가 아니라는 생각으로 퇴사하고 세계여행을 다녀온 이들의 입에서 심심치 않게 나오는 이야기가 바로, 여행이 길어질수록 돈을 많이 벌어야겠다고 다짐한다는 말이다.

그렇다면 어떻게 해야 돈에 대한 강박으로부터 자유로워지면서도 주체적이고 후회 없는 선택을 할 수 있을까? 21세기를 사는 데 필요한 중용과 균형 감각이란, 이제는 스마트폰에서 구매 버튼을 터치하는 손가락에 달려 있는 게 아닐까?

나는 어렸을 때부터 돈에 관심이 많았다. 대학생 때 비교적 큰돈을 만졌고 일찍 사회생활을 시작했지만, 돈이 인생에서 제일 중요하다고 생각하지는 않는다. 돈을 좋아하는 것과 돈이 1순위인 건 매우 다르다. 돈보다 중요한 것은 그 돈으로 하고 싶은 일을 하며 사는 것이다.

돈은 그냥 수단일 뿐이다. 그러므로 돈이 목적이 되지 않기 위해서는 내가 뭘 위해 돈을 벌고 모으는지, 그 진짜 목적을 항상 잊지 말고 있어야 한다.

물론 롤러코스터를 타는 코인이나 주식 장을 보고 있노라면, 이 돈을 잃으면 세상이 무너질 것 같고 돈이 지상 최고의 가치인 것 같은 느낌에 휩싸일 수밖에 없다. 하지만 생각해 보면, 주식 장이 호황일 때든 불황일 때든 나는 같은 선택을 해왔다. 고통스러운 직업을 그만두었고, 꼭 사 먹고 싶은 음식은 사 먹었으며, 진정한 필요에서 우러나오지 않은 소비는 자제했다. 그러므로 주식 장이 어떻든 장 바깥의 내 마음을 먼저 들여다

보는 눈이 있어야 한다고 말하고 싶다.

여행을 하는 지금도 현지 물가와 서비스의 퀄리티를 감안해서, 그 서비스에 얼마를 지불할 가치가 있는지 나만의 판단을 정립하는 게 중요하다고 생각한다. 비싸지만 지불할 만하다든지, 싸지만 다시 소비하진 않을 것 같다든지. 외부의 기준이 아니라 내 마음에 기반한 주관적인 잣대가 중요하다. 비록 그 판단이 틀릴지라도.

돈은 결국 마음이라고 생각한다. 장류진 작가의 『달까지 가자』라는 소설을 좋아하는데, 거기 이런 말이 나온다.

"예전에 언니가 그랬잖아. 돈의 속성을 알아내고 말 거라고, 돈이
　어디로 가는지, 어느 쪽으로 흐르는지, 그런 것들을 밝혀낼 거라고."
"그랬었지."
"그거 알아냈어?"
내게서 시선을 거두며 잠시 먼 곳을 응시하던 언니가 다시 입을
떴다.
"응, 이제 알 것 같아."
"어느 쪽으로 가는데?"
여전히 시선을 바다에 둔 채 언니가 나지막이 읊조렸다.

"돈도, 자기 좋다는 사람한테 가는 거야."

–장류진,『달까지 가자』, 창비

정말 그렇다. 덧붙이자면, 돈은 그 돈을 벌고 쓰면서 진실로 행복할 수 있는 인간에게 간다고 생각한다. 돈 자체를 목적 삼는 사람이 아니라, 돈을 즐겁게 벌고 온전히 수단으로서 가장 가치 있게 써줄 사람에게로.

오늘도 그런 생각을 한다. 갑작스레 악재가 터져서 주가가 폭락하더라도 일단 오늘은 행복해야 하지 않을까? 주식 성적표보다는 내 마음의 평화와 행복 지표가 중요하니까.

그래서 오늘 저녁은 곱창을 먹으러 간다. 야호!

타인의 역사, 나라는 인간의 역사

직장 생활을 할 땐 나와 비슷한 환경에서 자란 비슷한 사람들과 매일 비슷한 일을 했다. 여행을 떠나고 나서야 세상이 얼마나 넓고 사람이 얼마나 다양한지 비로소 깨닫는다. 여행은 나를 알게 해주기도 하지만, 타인에 대해서도 배우게 해준다. 여행은 타인의 역사를 목격하는 일이다.

내가 살던 세상에서 상식 밖의 행위라고 손가락질받는 일도 어떤 문화나 상황에 가면 다르게 해석될 수 있었다. 옳고 그름에 대한 이분법적 잣대가 얼마나 위험한지 알게 되었다. '이런 역사 속에서 자랐다면 그럴 수도 있겠구나' 하고 인정하게 되면서 세상을 바라보는 시각이 더 긍정적으로 바뀌었다.

미국 서부 로드트립을 다닐 때, 차에 캐리어를 두면 트렁크의 유리를 깨고 차를 털어 간다는 이야기를 하도 많이 들어서 나와 남편은 무척 겁에 질렸었다. 길에 둔 가방도 아니고 차에 둔 가방을 훔쳐 간다니, 미국은 범죄자들이 득시글한 무법지대인 걸까?

여행이 이어지면서 그 이유를 알 것 같았다. 우리는 국도나 고속도로를 타고 여행했는데, 100킬로미터 이상 직진만 하는 경우는 예사고 한번 휴게소를 지나치면 다음 휴게소까지 몇 시간은 달려야 할 만큼 땅이 넓었다. 한번은 기름 넣을 타이밍을 놓치는 바람에 휴게소가 나오지 않으면 그대로 차가 멈추고 고립될 위기에 처해 입술이 바짝바짝 말랐었다. 운전하다 만나는 마을의 인구가 고작 130명, 70명밖에 안 되는 경우도 많았다.

단 몇 명의 인간이 커버할 수 있는 규모의 땅덩이가 아니기에 촘촘한 치안이라는 건 기대하기 힘들었다. 헬기나 드론 같은 고비용의 장치가 있다면 몰라도. 게다가 서부는 동부에 비해 유통 체인이 발전하지 않아서인지 마트에 신선 식품이 다양하지 않은 경우도 많았다. 음식이 대부분 정제 탄수화물이나 밀가루, 가공육이라 그중에서 골라야 할 때도 있었다. 가장 기본적인 기간 산업인 음식 유통 체인이 잘되어 있지 않은 것으로 보아 다른 제반 시설도 낙후되어 있을 가능성이 있어 보였다.

미국이 GDP가 높기는 하지만 그 넓은 땅덩이의 모든 지역이 충분한 기회를 받지는 못하고 있을 수 있다. 이런 환경에서 차량 내 절도가 빈번하다고 해서 그 나라의 국민성 자체를 따질 수 있을까. 물론 절도가 정당화되지는 않지만 부분으로 전체를 섣부르게 판단할 수 없다는 생각이 들었다. 3보만 걸으면 감시 카메라가 하나씩 나타나는 한국에서 다른 나라보다 절도가 비교적 적은 것은 당연하다. 아마 한국인이 도덕적으로 우월해서는 아닐 것이다.

내가 처한 상황이나 내 무의식에서 나온 행동들이 어떤 맥락 위에 기반하고 있을 거라는 생각이 들자, 어떤 사람을 판단하기 전에 그곳의 환경과 역사를 먼저 살펴야 할 필요성을 느꼈다.

여행하면서 얻은 깨달음 중 가장 값진 것을 단 하나만 꼽으라면, 한 인간이 몸담고 살아가는 곳이 얼마나 작은 세계인지 하는 실감이다. 내가 알고 있던 정답이 얼마나 단편적이었는가 하는 진실이다.

여행을 하면서 세상을 보는 시야가 조금씩 넓어지고 있다. 시야가 넓어지니 '나'라는 인간에게도 보다 너그럽고 수용적인 잣대를 적용하게 된다. 내가 싫어하는 것, 내가 좋아하는 것, 버티기 힘들어하는 것과 특히 잘 해내는 것에는 나라는 인간의 역사가 총체적으로 담겨 있다.

그러니 나라는 인간을 근본적으로 바꾸려 할 필요도 없고, 나 자신에게 100퍼센트 만족하지 못한다고 해서 사랑하지 않을 이유는 더더욱 없다. 내가 지금 이런 모습이 된 이유를 스스로 모른다고 해도, 내 세포 구석구석에는 다 그럴 만한 역사가 새겨져 있을 테니까.

어떤 사람을 이해하기 위해 그곳의 역사와 맥락을 고려하다 보면 타인에게만 관대해지는 게 아니라 나에게도 관대해진다. 타인의 역사를 고려하는 일은 나를 사랑하는 일과도 관련이 있다. 여행은 그렇게 나와 타인을 너그럽게 바라볼 수 있게 해주고 있다.

여행은 타인의 역사를

목격하는 일이다.

✦

미운 오리 새끼가 나였어

어렸을 때 읽은 동화들엔 대개 진리가 들어 있었다. 어른이 된 지금도 기억에 남는 작품은 〈미운 오리 새끼〉다. 미운 오리 새끼는 노란 오리들 사이에서 혼자 회색 오리로 태어났다. 오리들은 못생기고 덩치 큰 '미운 오리'를 박대하고 괴롭혔다. 미운 오리는 다르게 생겼음을 슬퍼하며 무리에서 벗어나 떠돌다가 어느 날 물에 비친 모습을 보고 자신이 오리가 아니라 백조였음을 알게 된다.

가끔 나 자신이 한국 사회에 받아들여지지 않는 돌연변이처럼 여겨질 때가 있었다. 20대 여자치고는 꾸미는 걸 좋아하지 않아 화장도 거의 하지 않았고, 머리는 늘 질끈 묶고 다녔다.

또 가정을 꾸리면 당연히 아이를 낳아야 한다는 통념과 달리 어렸을 때부터 아이를 낳지 않겠다는 결심이 확고했다. 지금이야 투자가 대중화되었지만, 내가 처음 주식 투자를 시작했던 2000년대만 해도 '주식 투자는 원수에게나 권하는 것'이라는 풍조가 만연했다. 월급을 저축하던 또래와 달리 나는 공격적인 투자를 했다. 대인관계는 좁고 얕팍했으며, 불편한 상황에서 말로는 긍정적인 표현을 할지언정 표정에서 티가 났다.

내면을 숨기지 못하고 표정에 드러내거나, 생각을 솔직하게 표현하는 일은 때로 미움받는 결과를 초래하곤 한다. 지금도 예상하지 못했던 지점에서 비난을 마주할 때가 종종 있다.

나는 만 서른세 살에 인생에서 큰 전환점을 맞았다. 유튜브에 '경제적 자유'라는 제목으로 올린 영상이 알고리즘을 타고 폭발적인 조회 수를 기록하면서, 우리 채널이 유명해진 것이다. 해당 영상의 조회 수는 300만 회가 넘었고, 유튜브 '인급동(인기 급상승 동영상)'의 혜택을 타고 끝없이 퍼져 나갔다. 그 결과 여행 채널인 유랑쓰에 대해 모르는, 투자에 관심 있는 신규 시청자들이 유입되었다. 몇몇 언론사에서 인터뷰 제의가 왔고, 한국 유튜브 채널 구독자 증가 순위 1위를 하기도 했다.

소위 말하는 '알고리즘 떡상'으로 엄청나게 많은 사람이 유입되다 보니, 반응이 마냥 호의적이지만은 않았다. 여행 유튜브를 꾸려가는 크리에이터들은 많지만, 대부분 수입을 영상 조회 수익이나 광고 수익에서 얻는 등 '전업 유튜버'로서의 정체성을 확고히 하는 편이다. 반면 우리는 3년 동안 유튜브로 얻은 수익이 0원에 가까웠고, 그 점을 솔직히 고백하며 주식 투자 수익으로 여행 경비를 충당하고 있다고 설명했다. 그 과정에서 우리에게 돌아갈 집이 없으며 집을 처분한 돈을 투자금으로 사용했다는 사실도 밝혔다.

살면서 한 번도 겪어보지 못한 악성 댓글이 달렸다. 익명의 수천 명이 내게 정신이 있느냐고, 그러다 늙어서 패가망신하면 어쩌느냐고 말했다. 아이를 낳지 않고 한국 경제에 이바지하지 않는다는 이유로 '국가 망조'를 들먹이는 사람들도 있었다. 응원 댓글도 많았지만 솔직히 그때는 눈에 잘 들어오지 않았다. 하루아침에 너무 많은 사람에게 얼굴이 알려지면서, 며칠 동안 심장이 두근거리고 세상이 나를 해치려나 보다 하는 불안함에 시달렸다.

지금 생각해도 어안이 벙벙하지만, 돌이켜 보면 내가 마주한 수많은 익명의 반응은 '너무나 다른 것을 봤을 때 본능적으로 찾아오는 공포와 혐오'에 가까웠던 것 같다. 그때 남편과 나는 한국 사회의 보편성을 너무 첨예하게 거스르고 있었다. 근로소득을 얻기 위해 노동을 하지 않고 투자 수익으로 살아간다는 점, 한국인이 가장 중요하게 생각하는 '내 집 마련'의 꿈을 정면으로 걷어차 버렸다는 점, 아이를 낳는 인구 재생산을 할 생각이 없다는 점, 안정적인 직장보다 위험 부담이 높은 일을 택했다는 점, 모든 것이 그러했다.

본인의 인생 경로가 옳고 유일하다고 생각하며 살아왔을 사람들에게는 나의 인생이 뜨악하고 이해되지 않는 것일 수도 있다는 생각을, 나는 하지 못했던 것 같다.

지금은 비난보다 응원을 많이 받고, 나의 선택이 존중받고 있다는 것을 알고 있지만, 그때는 그저 억울하고 서러웠다. 누구에게도 손 벌리지 않았고, 누구에게도 상처 주는 언행을 하지 않으려 노력했는데, 왜 내 인생 자체가 비난받게 된 걸까? 아니, 사람들은 왜 모두가 같아야만 한다는 강박에 시달리게 된 걸까?

지금은 그 모든 게 '다름', '표준에서 이탈함', '보편성에서 벗어남'에 대한 본능적인 거부감에서 온 반응이 아니었을까 생각한다.

예능 프로그램이나 유튜브를 보면 한국 사람들이 흔히 쓰는 말버릇을 보게 된다. 바로 '같다'는 표현이다. "맛있는 것 같아요." "예쁜 것 같아요." "그렇게 된 것 같아요." 등. '예쁘다'와 '맛있다'는 주관적인 느낌이므로 굳이 '같다'라는 추측성 표현을 쓸 필요가 없다. 게다가 사실 관계가 확실한 내용에는 더욱이 '같다'라는 어미가 필요 없다. 하지만 정작 나부터도 습관적으로 쓰는 표현이다.

　우리는 자기 느낌에 확신을 갖지 못해서 '같다'라는 소극적인 말투를 쓰는 걸까? 아니면 느끼는 바에는 확신이 있지만 그 내용이 다수의 생각과 다를까 봐 무서워서 그러는 걸까? 설사 의견이 다르다고 해도 그건 다를 뿐이지 나쁜 게 아닌데, 우리가 언제부터 다른 것을 경계하고 무조건 타인과 '같아지기'를 원했는지 궁금하다.

　또 하필이면 그 서술어가 '같다'라는 건 시사하는 바가 크다. '같다'는 '어떠할 것으로 짐작된다'는 뜻 외에도 '동일하다'는 뜻도 가지고 있기 때문이다. 어쩌면 우리는 이 땅에 사는 5천만 명 모두가 가능한 한 대체로 같아지기를, 비슷해지기를 바라는 마음을 암묵적으로 품고 있는 건 아닐까?

　미운 오리가 미움을 받았던 건 못생겼기 때문이 아니라 다른 오리들과 달랐기 때문이다. 만약 못생겼어도 오리들과 비슷한 생김새였다면 못생겼다는 평가 자체를 받지 않고 잘 살아갔을 것이다.

실제로도 백조가 오리보다 잘나지 않았고, 오리가 백조보다 잘나지 않았다. 그건 우열과 상관없는 영역이다. 우리는 그저 누구도 대신 걸어줄 수 없는 각자의 길을 걷고 있을 따름이다.

그때 악플만큼 상처가 된 댓글은 우리를 그저 팔자 좋은 한량으로 여기는 말이었다. 나는 영상에서 최대한 우는소리를 자제하고 긍정적인 모습만 보이려 노력하지만, 사실 누구의 삶도 마냥 편할 수만은 없다. 리스크를 감수하더라도 누구에게도 기대지 않고 스스로 책임져 왔는데, 그저 부럽기만 하다는 반응도 악플만큼이나 이해받지 못하고 있다는 느낌을 안겨주었다.

그때의 감정은 참 묘했고 아직도 설명하기 어렵다. 세계여행을 하면서 한국 사람들이 얼마나 타인에게 관심이 많은지, 또 정이 많은지, 공동체주의가 강한지 체감하곤 한다. 정이 많은 건 좋은 점이라고 할 수 있겠고, 간섭이 많은 건 단점이라고 할 수 있는데, 과연 내가 그때 마주한 반응들은 정이었을까 간섭이었을까, 아님 그 사이였을까?

무엇이든 동전의 양면처럼 좋은 점과 나쁜 점을 가지고 있다. 애정과 관심도 그러하다. 애정과 관심은 나를 충만하고 행복하게 만들지만, 한편으로는 한 명의 단독자로서 마냥 자유롭게 행동할 수만은 없게 만든다.

나는 다짐한다. 나는 다른 것을 틀린 것으로 치부하지는 않겠다고. 내가 누군가를 사랑하든 사랑하지 않든 간에, 그 사람이 나와 다른 선택을 한다는 이유로 비난하거나 멀리하고 싶지는 않다. 나와 판이하게 다른 삶에도 무조건적인 인정과 관용과 지지를 보내고 싶다. 다르다는 이유로 지탄받는 게 어떤 일인지 알기에, 사랑이라는 이름으로 둔갑한 구속을 저지르고 싶지는 않다.

✦

숙소를 집이라고 부르는 이유

　사람들은 전세나 월세를 '남의 집'이라고 표현한다. 그 집에서 실제로 살고 있다 해도 그렇다. 나는 예전부터 그게 좀 의아했다. 우리는 여행 다닐 때 묵는 숙소의 물건 하나하나 다 남의 것인데도, 그곳을 '우리 집'이라고 생각했기 때문이다. 하루를 마무리할 때면 "숙소로 가자"라고 하지 않고 "집에 가자"라고 했다. 그게 자연스러웠다.

　여행을 하면 매일매일 집이 바뀌고, 차가 바뀐다. 숙소가 내 집이고, 그날 내가 이용하는 교통수단이 내 차다. 물론 집도 차도 빌렸을 뿐 소유한 것은 아니지만, 사용료를 지불했기 때문에 적어도 그날 하루만큼은 온전한 내 것이 된다. 그렇게 살다 보니 매일매일 다른 집에 살 수 있고, 다양한 교통수단을 타본 다는 사실에 설레기도 했다. 우리는 그 과정 자체를 즐겼다.

"오늘 우리 집 컨디션은 어떨까?"

"이 중에 어떤 게 우리 차지?"

누군가는 안정감 없는 불안한 삶으로 생각할 수 있지만, 우 리에게 필요했던 건 안정보다 설렘이었기에 후회는 없다. 어 차피 살면서 원하는 걸 다 가질 수는 없으니까 더 원하는 것이 무엇인지에만 귀를 기울였다. 내가 한 선택에 책임을 질 수 있 다면, 뭐가 되었든 세상에 잘못된 선택은 없다고 생각한다.

삶이란 두 손에 다 담을 수도 없는 것들을 가지고 위태롭게 저글링하는 게 아니라, 가져갈 수 있는 만큼만 소담히 담은 나 만의 봇짐을 싸는 거니까.

회사를 다니는 삶이 지겨웠던 이유는 수입이 고정되어 있다 는 답답함도 있었지만 사실 하루하루가 비슷하다는 이유가 컸 다. 물론 직장 생활에도 희로애락과 변화가 있다. 잘못해서 깨 지기도 하고 잘해서 승진하거나 인정받기도 한다. 그러나 그 모든 변화 사이에는 역량이 상승함에 따라 일의 능률이 오르 고 권태가 찾아오는 과정이 있다. 일상에 익숙해지는 그 과정이 내겐 버겁게 다가왔다.

　반복에는 그만한 가치가 있겠지만 그 안에서 그저 안주하고 있는 나 자신을 견디기 힘들었다. 그래서 나는 반복되는 삶의 무의미에 물음표를 던져보기로 했다. 매일매일 변화하는 변화무쌍한 환경에 나를 던져보기로 한 거다.

　집을 정리하고 유랑하던 시절에는 전세금을 주식 투자에 썼다. 우리가 신혼집을 처분한 것은 투자를 위한 가용 금액이 필요해서였을 뿐, 집이 필요 없어서가 아니었다. 임금 노동에 종사하지 않기로 선택한 대신 우리는 안락한 집을 포기했다.

　마찬가지로 현재 한국에 집을 구한 건 우리에게 여행이 필요 없어서가 아니다. 정착해서 생활에 필요한 가재도구를 하나씩 마련하고 일상에 적응해 가는 것이 5년 동안 각지를 떠돈 우리에겐 여행이나 다름없기 때문이다.

　어떤 선택을 하든, 변화가 뒤따른다는 점에서 삶은 결국 누구에게나 유랑이다. 아무것도 하지 않으면 삶에는 아무 일도 일어나지 않는다.

　코로나19로 세계여행 계획이 무산되고, 국내에서 차박이나 백패킹을 하면서 수익이 나지 않는 유튜브를 운영하던 시절이 꽤 길었다. 나의 집이 되어줄 무거운 백패킹 배낭을 메고 산을 오르다 보면, 내가 얼마나 콩알만 한 존재인가를 느낄 수 있었다. 좁은 서울 땅덩어리 안, 사람들 틈에서 복닥거리며 살 때는 그저 내 '이익'과 '미래'에 집착해 왔다.

어떻게 하면 덜 손해 볼까.

어떻게 해야 더 유리할까.

하지만 자연을 벗 삼아 높은 곳에 오르면 내가 얼마나 작고 하찮은 존재인지 느낀다. 눈앞에 닥친 문제가 굉장히 사소한 일로 느껴진다. 인생에 정답은 없는 것을, 도시를 바쁘게 살아가는 사람들은 자꾸만 스스로에게, 또는 서로에게 '열심'일 것과 '노력'할 것을 요구했었다.

좋아하는 일을 즐겁게 하는 자체만으로 생은 아름답다는 걸, 그땐 왜 몰랐을까?

어렸을 때 했던 등산이 재미없고 지루했던 이유는 정상만을 바라보고 가서였다. 내 인생도 그랬다. 남들이 다 좋다는 목표 하나를 정해서 그것만 보고 달려가던 시절에는 과정을 즐기지 못했다. 백패킹을 하면서 무거운 장비를 메고 어쩔 수 없이 중간중간 쉬어 가게 되니, 그제야 경치도 즐기고, 자연의 소리에 귀 기울이게 되었다.

그 중요한 과정을 생략해 버리고 '도대체 끝이 어디야?'만 생각하며 올라가곤 했었는데. 머리로는 알면서도 자꾸 목표만을 향해 급하게 다가가려던 옛날의 나에게 말해주고 싶었다.

쉬어 가자고.

나는 인생의 큰 그래프 안에서 하나의 점에 불과한 시점을 살고 있다. 하락점도 상승점도 아닌 그저 머무르고 있는 상태. 그 의미 없어 보일 하나하나의 점들이 모여 마침내 그래프가 완성되었을 때, 지난날을 돌아보며 진정한 의미를 찾을 수 있을 것이다.

인생은 쉬어가더라도, 긴 의미에서의 유랑은 이어간다.

어떤 일을 사랑한다는 건

유튜브에 영상 한 개를 업로드하기 위해서는 꼬박 3일 이상이 걸린다. 하루 종일 찍은 영상을 돌려 보고, 원본 영상의 99퍼센트를 도려내고, 자막을 넣고 배경 음악을 깔고 영상에 색을 입히고 이야기를 만든다. 영상 하나를 업로드하기 위해 새벽 4시까지 작업할 때도 많다.

퇴사 후 3년간은 유튜브로 수익이 거의 나지 않았다. 투자한 시간과 비용을 생각하면 수익은 0원이 아니라 엄청난 적자에 가까웠던 셈이다. 그런데도 우리는 영원히 유명해지지 않을지도 모르는 채널에 꾸준히 영상을 업로드해 왔다. 살면서 이토록 보상 없는 일에 오랜 시간을 쏟아부은 적이 있었을까?

나는 살면서 한 번도 내적 동기가 외적 동기를 이겨본 적이 없는 인간이었다. 남들이 좋다는 대학에 가기 위해 공부했고, 직장 생활은 월급을 받기 위해 더도 덜도 말고 딱 주어진 역할 안에서만 해냈다.

우리가 유튜브를 하는 근원적인 이유에 대해 생각해 본다. 남편은 영상이 재미있다고 한다. 영상을 편집하고, 상황에 맞는 음악을 찾아 여행기를 올리는 일 자체를 즐긴다. 반면 나는 내 이야기를 말로 표현하는 일이 즐겁다.

유튜브로 수익 창출을 하기까지 걸리는 시간은 채널마다 천차만별이지만, 통상 1년으로 잡는다. 우리도 1년을 목표로 잡았다. 그리고 6개월 만에 수익 창출 최소 조건을 달성했다.

우리는 하루 종일 영상을 찍어 편집하는 여행 채널이라서 강의형, 정보성 영상들보다 촬영하고 편집하는 데 시간이 오래 걸린다. 유튜브에서 거의 수익이 나지 않던 3년 동안, 가끔 '이 행위는 과연 무엇을 위함인가'라는 의문이 들기도 했다.

그럼에도 꾸준히 할 수 있었던 이유를 돌이켜 보면, 온전히 '재미있기 때문'이었다. 물론 매 순간이 재미있었던 것은 아니다. 모든 일이 그렇듯 유튜브에도 자막 삽입이나 컷 편집처럼 지루하고 반복적인 단순 작업을 견뎌내야 하는 시간이 있다.

하기 싫은 일을 하지 않기 위해 교직을 그만뒀지만, 지금의 직업에도 분명 하기 싫은 과정이 존재한다. 다른 점이 있다면, 하고 싶은 일을 위한 과정 속에 하기 싫은 일이 포함되어 있다는 거다. 반면 학교에서는 하기 싫은 일들 가운데 하고 싶은 일이 하나도 없었다. 만약 교수 행위에 따르는 하위 업무들에서 일말의 성취감이라도 느꼈더라면 과거의 내 선택은 달라졌을지도 모르는 일이다.

인스타그램 창업자 중 한 명인 케빈 시스트롬은 이런 말을 했다.

회사를 운영하는 건 제품에 대한 멋진 아이디어와는 상관없는 잡무에 엄청난 에너지를 투자하는 일이다. 회사는 제품 개발 50퍼센트와 수많은 잡무 50퍼센트를 통해 세워진다. 간단히 말해 제품을 만드는 과정에 동반되는 잡일까지 감수하고 견뎌낼 수 있는 사람만이 역사를 쓸 수 있다는 이야기다.

결국 어떤 일을 사랑한다고 말할 수 있으려면 그에 따르는 단순 잡무까지도 사랑할 수 있어야 한다는 뜻이다. 그런 면에서 나는 지금 하는 일을 사랑한다. 사랑하는 일을 하는 사람은 그 결과가 좋든 아니든 일단 현재는 행복한 법이다.

가끔 상상해 보곤 한다. 유랑쓰 채널이 소위 말하는 '떡상'을 하지 못했더라도 남편과 나는 유튜브를 계속했을까? 수익이 나지 않는 일을 언제까지나 지속할 수 있었을 거라는 장담은 할 수 없다. 다만 확실한 것은 우리는 이 일을 진정으로 사랑하기에, 언제 불가피하게 그만두게 되더라도 그 일에 쏟아부은 시간과 에너지를 후회하지는 않을 거라는 사실이다.

✦

행복 꺼내 먹기

어느 날 SNS에서 〈92세 할머니의 인생 조언〉이라는 시를 보았다. 실제로 아흔두 살이신 김경희 할머니가 썼다는 이 시는 정식으로 등단한 어느 시인의 시보다도 내 마음을 강렬하게 때렸다.

애야! 너 늙으면 젤루 억울한 게 뭔지 아냐?

주름? 아녀!

돈? 그거 좋지!

근데 그것도 아녀!

열심히 모은 돈 죽을 때 가지고 갈 거여?

왔을 때처럼 빈손으로 가는 거여.

애지중지 키운 자식도

제 가정 차리면 그만이여.

그놈의 인생이 뭐라고 뭐 이리

아득바득 살았는지 옘병.

이 할미가 진짜 억울한 건,

나는 언제 한번 놀아보나!

그것만 보고 살았는데,

지랄, 이제 좀 놀아볼라치니 다 늙어버렸네.

야야, 나는 마지막에 웃는 놈이

좋은 인생인 줄 알었는데,

근데, 자주 웃는 놈이

좋은 인생이었어!

인생, 너무 아끼고 살진 말어.

꽃놀이도 꼬박꼬박 댕기고.

젊은 사람들 말맹키로
인생은 타이밍인 거시여.

이제 보니께 웃는 것은
미루면 돈처럼 쌓이는 게 아니라,
연기처럼 그냥 사라지는 거여.

뭐 큰일 하느니 숭고한 일을 하느니
염병 떨지 말고 뭐가 되었든
너부텀 잘 살어!
그게 최고의 삶이여.

사람들은 행복을
적금처럼 나중에 쓸 거라 생각허는디

그런 일은 절대 일어나지 않으니께
그냥 하루하루 닥치는 대로
즐겁고 행복하게 웃으며 사는 것이

최고의 삶이란 말이여!

훗날 후회하지 말고~

-김경희, 〈92세 할머니의 인생 조언〉

냉장고 안에 두 개의 복숭아가 있다. 아주 신선한 복숭아와 당장 먹어 치우지 않으면 금방 상해버릴 것만 같은 복숭아. 둘 중에 하나만 골라서 먹어야 한다면, 예전의 나는 상태가 좋지 않은 복숭아를 골라서 상한 부분만 도려내 먹는 사람이었다. 신선한 복숭아는 다음을 위해 미뤄둔 채. 그렇게 선택받지 못한 탐스러운 복숭아는 까맣게 잊힌 채 냉장고 안에 방치되곤 했다.

아 참, 집에 복숭아가 있었지? 뒤늦게 복숭아를 찾는 순간 이미 그 복숭아는 내가 기억하던 탐스러운 핑크빛 복숭아가 아닌 또다시 어딘가를 도려내 먹어야 하는 복숭아가 되어 있었다.

그보다 더 어릴 적에는 새하얀 새 지우개가 더러워지는 게 싫어서 닳고 닳은 헌 지우개를 쓰면서 새 지우개는 서랍 한구석에 넣어 아껴뒀다. 그러다 보면 한 번도 써보지 못하고 아껴뒀던 새 지우개는 어느새 헌 지우개처럼 누렇게 변해 있었다.

아끼지 말고 쓸걸. 그럼 새하얀 지우개로 연필 자국을 지워 보는 기분 좋은 경험을 할 수 있었을 텐데…….

아끼다 똥 된다.

어렸을 적 엄마가 하시던 말씀이다.

아끼다 똥 되는 건 비단 복숭아나 지우개만은 아닐 것이다. 세상 많은 일의 이치가 비슷하다.

사람들은 행복을 적금처럼 나중에 쓸 수 있을 거라고 생각하며, 오지 않을 수도 있는 미래의 행복을 위해 현재의 행복을 조금씩 포기하곤 한다. 하지만 92세 김경희 할머니는 행복은 미룬다고 미룬 만큼 되찾을 수 있는 게 아니라고 조언한다. 행복한 삶이란 마지막에 행복한 게 아니라, 지금 자주 행복을 느끼는 삶이다. 행복이라는 건 거창하고 화려한 목적으로서 존재하는 게 아니라 순간순간 느껴지는 감정일 뿐이다.

연세대학교 심리학과 서은국 교수는 『행복의 기원』이라는 책에서 말했다. 행복은 인생의 목적이 아니라고.

행복은 인생의 궁극적인 목적이라는 철학자들의 주장에 우리는 익숙해져 있다. 그래서 모든 일상의 노력은 삶의 최종 이유인 행복을 달성하기 위한 과정으로 생각한다. 매우 비과학적인, 인간 중심적 사고다. 꿀벌은 꿀을 모으기 위해 존재하는 것이 아니고, 인간도 행복하기 위해 사는 것이 아니다. 벌도 인간도 자연의 일부이며 이 자연법칙의 유일한 주제는 생존이다. 꿀과 행복, 그 자체가 존재의 목적이 아니라 둘 다 생존을 위한 수단일 뿐이다.

−서은국,『행복의 기원』, 21세기북스

우리는 통념적으로 행복이 지상 최대의 가치이고 행복하기 위해 산다고 생각해 왔다. 심지어 아리스토텔레스도 행복이 '지상 최대의 선'이며 최종 목적이라고 했다. 하지만 이 책은 그런 생각을 정면으로 반박한다. 행복은 하나의 감정적 경험이자 뇌의 반응일 뿐이다. 그러니 행복을 위해 살겠다는 말은 꿀벌이 꿀을 위해 살겠다고 말하는 것이나 다름이 없다. 결론은 단순하다. '행복은 삶의 목적이 아니라 수단이다.'

그렇다면 삶의 목적은 대체 무엇이지? 과학적으로 보자면 삶의 목적은 '생존'이다. 좀 의아하기도 하다. 살아가는 것의 목적이 단순히 살아남는 것이라고? 이미 살아 있는데 뭘 더 살아남으라는 거지?

이 모순적인 전제를 곰곰이 곱씹다 보면 깨닫는 것이 있다. 아, 그러니까 삶은 행복하지 않아도, 불행하고 힘들어도, 아무

튼 생존하는 것 그 자체로 엄청난 의미가 있다는 거구나…….

또 서은국 교수는 행복이 아이스크림이라고 했다. 영원히 녹지 않는 아이스크림이란 없다. 이것만 내 손에 쥐면 영원히 행복해질 수 있는 그런 요소는 삶에 없다. 모든 아이스크림은 반드시 녹는다. 이 대전제를 받아들인다면 행복을 추구하는 전략부터 바뀌어야 한다. 그 전략은 바로 이것이다.
"아이스크림이 녹는다는 사실을 받아들이고, 아이스크림을 자주 먹어라!"
행복은 강도가 아니라 빈도라는 뜻이다.

그러므로 '행복'은 개인이 얼마만큼 노력해서 삶에 존재하는 행복을 자주 꺼내 먹느냐에 달려 있다. 행복은 대치동 일타 강사의 족집게 강의처럼 누가 떠먹여 줄 수 있는 감정이 아니다. 스스로 기쁨을 부지런히 마련해야만 한다.

나는 요즘 일상 곳곳에 조용히 숨어 있는 작은 행복들을 찾아 자주 꺼내 먹으려 노력하고 있다. 내 삶에 기쁨을 주는 것들을 적어본다.

✔ 갓 볶아 밀봉한 원두의 포장을 개봉하는 일: 코끝에 퍼지는 고소하면서도 달콤한 향이 좋다.

✔ 아침에 일어나 아메리카노 한 잔을 내리고 오늘의 음악을 켤 때: 좋은 일이 가득한 하루가 시작될 것만 같다.

✔ 두피용 괄사 빗으로 머리를 빗을 때: 쿰쿰한 두피의 모든 숨구멍이 열리는 기분이다!

✔ 좋아하는 드라마가 방영하는 날: 육개장 사발면을 소파 테이블 위에 올려둔 뒤 TV 전원을 켜면 억만장자도 부럽지 않다.

✔ 가고 싶은 여행지가 떠오를 때: 여행지에서 하게 될 새로운 경험을 상상하면 기분이 짜릿해진다!

✔ 매일 아침 공복으로 올라가는 체중계의 숫자가 조금 줄어들었을 때: 물 한 잔 무게 차이지만, 오늘 하루는 그만큼 더 먹을 수 있다니!

✔ 맛있는 음식과 어울리는 술 한잔: 식욕 충족이야말로 가장 강력한 도파민이다.

✔ 건조가 갓 끝난 이불을 덮고 침대 위에 누울 때: 사실 나는 먹는 것만큼, 아니, 그 이상으로 누워 있는 걸 좋아한다.

✔ 유튜브에 새 영상을 업로드했을 때: '알고리즘의 신이시여…… 한 번만 더 도와주십쇼.' 희망은 행복의 첫걸음

이다.

행복을 미래로 밀어내지 말자. 행복은 유통기한이 짧다. 행복은 오랫동안 숙성시켜 먹어야 하는 발효식품이 아니라 지금 당장 꺼내 먹지 않으면 금방 상해버리는 신선 식품에 가깝다.

아이스크림은 입을 잠시 즐겁게 하지만 반드시 녹는다. 내 손안의 아이스크림만큼은 녹지 않을 것이라는 환상, 행복해지기 위해 인생의 거창한 것들을 좇는 이유다. 하지만 행복 공화국에는 냉장고라는 것이 없다. 남는 옵션은 하나다. 모든 것은 녹는다는 사실을 받아들이고, 자주 여러 번 아이스크림을 맛보는 것이다.
– 서은국,『행복의 기원』, 21세기북스

3장
✦
나와 다른 사람들과 살아가는 법

모든 사람이 잠시 페르소나를 벗어던지고
자신을 마주하는 시간을 가졌으면 좋겠다.
여행이 아니더라도
일상을 떠나 있는 시간에
스스로와 대화해 보면 좋겠다.
페르소나를 모두 벗어던진 채로
딱 하루라도 살아봤을 때의 그 쾌감을
느껴봤으면 좋겠다.

히키코모리에게도 여행은 필요해

인간관계의 모든 문제는 말에서 비롯된다. 똑같은 말도 말투와 표정에 따라 다르게 받아들여지기도 하고, 선의로 건넨 말일지라도 상황과 듣는 사람에 따라 전혀 다른 뜻으로 해석되기도 한다. 때로 청자와 화자의 동상이몽은 뾰족한 송곳이 되어 마음을 날카롭게 할퀸다.

언젠가부터 인간관계에서 얻는 '괴로움'이 '즐거움'을 넘어서기 시작했다. 주워 담을 수 없는 말의 파괴력을 알기에 대화가 끝난 뒤 뒤늦게 찾아오는 찜찜함이 괴로웠다. 나는 강의 내용을 복습하는 학생처럼 누군가를 만난 뒤 집으로 돌아와 그날의 만남을 꼭 한번 복기하고 넘어가는 습관이 있었다. 대화를 곱씹어 보며 나의 언어가 상대를 불쾌하게 하지는 않았는지, 상대의 언어가 나에게 상처가 되지는 않았는지, 만남에 무언가 잘못된 부분은 없었는지 되짚어 보는 못난 버릇.

그중에서도 가장 큰 괴로움은 곱씹는 단계에서 내가 받는 상처였다. 내가 내뱉은 말을 돌이켜보는 과정에서 터무니없는 말을 한 나에게 상처를 받고, 돌이킬 수 없는 그 상황을 후회하면서 괴로워한다. 그리고 상대가 한 말에 숨은 의미는 무엇이었을지 추측하며 또 한 번 상처를 받는다.

어리석은 일련의 과정을 수없이 반복하는 중에도 나는 알고 있었다. 근본적인 문제는 '언어'가 아니라 언어를 해석하는 '나의 관점'에 있다는 것을.

내 안에 차가운 시선보다 따뜻한 시선이 더 많았다면 어땠을까?

타인의 단점보다 장점을 더 많이 볼 줄 아는 사람이었다면, 내 멋대로 상대를 평가하는 못난 습관이 없었다면, 그랬더라면 조금은 다른 내가 될 수 있었을까?

20대 때는 잡념으로부터 스스로를 보호할 수 있는 유일한 방법이 관계를 최소화하는 것이었고, 본능적으로 점점 사람들을 멀리했다. 그렇게 나는 히키코모리가 되어가고 있었다.

히키코모리는 '틀어박히다'라는 일본어 '히키코모루'의 명사형으로, 한국에서는 '은둔형 외톨이'라는 뜻으로 쓰인다. 2023년에 한국 정부는 청년층 중 은둔형 외톨이가 최대 54만 명에 달한다고 발표했다. 히키코모리는 이제 무시할 수 없는 사회 현상이 되었다. 그들은 왜 스스로를 고립시키게 된 걸까?

폐쇄적이고 보수적인 교직 문화 속에서 나는 부적응자였다. '직업'이라 함은 '생계를 유지하기 위해 적성이나 능력에 따라 종사하는 일'을 말한다. 그런데 그 직업의 사전적 의미가 유독 교사에게는 예외적이라 느껴질 때가 많았다. 잘 가르치는 건 당연하고, 아이들을 진심으로 사랑해야 하며, 학교 밖에서도 단정한 품행을 유지해야 했다. 어찌 보면 사회가 원하는 바람직한 교사상은 한 치의 흠도 없는 완벽한 인간이 아닐까 싶을 정도로.

내게 가장 어려웠던 일은 생활 지도였다. 생활 지도를 위한 첫 번째 단계는 교사와 학생 간에 친밀감을 쌓는 라포 형성이다. 사제 관계도 감정을 교류하고 공감이 형성되어야 신뢰가 쌓이기 때문에, 교사의 필수 역량 중 하나가 관계를 잘 맺는 것이라는 뜻이기도 하다.

교직을 그만두기까지 9년이 걸렸는데, 그 시간 동안 나는 왜 이 일을 힘겹게 느끼는지 명쾌한 답을 내리지 못했었다. 그런 데 관계에 대한 글을 쓰면서 문득 깨달았다. 내가 가장 힘들었 던 건 결국 사람을 대하는 문제였구나.

스스로 사회와 담을 쌓고 타인과 대화하기를 꺼리는 은둔형 외톨이. 히키코모리에게 여행이란 뭘까?

혹자는 말한다. 여행의 즐거움 중 하나는 여행지에서 새로운 사람을 사귀는 일이라고. 하지만 나에게 여행은 그동안 쌓인 관계에 대한 두려움을 벗어 던지고, 억눌러 온 감정을 해방시 키는 탈출구였다.

관계가 불편해지기 시작한 건 언제나 안면이 생긴 이후부터 였다. 이름도 나이도 국적도 모르는 여행자들과의 만남에서는 나의 행동을 되돌아보고 상대의 시선을 신경 쓰는 '곱씹음' 단 계가 생략된다.

여행자들은 다음 만남을 기약하지 않는다. 짧게 스쳐 지나가 고 헤어질 때면 '또 어딘가에서, 길 위에서 보자'고 인사하곤 한다. '그렇게 각자 발길 닿는 대로 여행하다 보면 언젠가 만 날 날이 있겠지'라는 뜻의 인사다. 나는 '길 위에서 보자'는 작 별 인사가 좋았다. '또 연락하자', '다음에 꼭 보자'는 형식적인 인사 대신 이 가벼운 인사가 인연의 끈을 조금은 느슨하게 만들어주는 것처럼 느껴졌다.

여행지에서의 인간관계는 휘발되기 때문에 깊이가 얕다고 생각하기 쉽지만 그렇지 않다. 나는 산티아고 순례길에서 만난 사람들과 짧은 영어로 어느 때보다 깊은 대화를 나누었다. 이 길에 왜 왔는지, 인생의 어떤 구멍을 채우러 왔는지, 지금 가장 원하는 것이 무엇인지. 신기하게도 직장에서 매일 보는 사람들과는 데면데면 겉도는 대화만 했는데, 오늘 처음 봤고 내일이면 헤어질 사람들과 가장 본질적인 대화를 하고 있었다.
　더 중요한 건 그렇게 나누는 대화에 어떤 편견도, 어떤 판단도 개입할 틈이 없다는 거였다. 나는 눈동자를 마주하고 있는 이방인에 대해 어떤 선행 지식도 없고, 오롯이 분위기와 그의 눈빛에 집중하며 이야기를 스펀지처럼 쭉쭉 빨아들인다. 눈동자와 눈동자의 만남. 그 외에는 어떤 접점도 없다는 사실이 상처받을까 봐, 솔직함이 제한될까 봐 걱정하는 일 없이 그의 말을 순수하게 '이야기'로 받아들일 수 있게 해주었다.

　지금도 그들이 궁금하다. 알베르게에서 만난 순례자들은 각자의 자리에서 행복을 찾아 나가고 있을까? 아마도 우리가 다시 만날 일은 없겠지만, 나는 어떤 전우애를 느낀다. 70억 인구 중 우리가 그 시간 그 장소에서 만나게 해준 우연과 인연에 감사하며, 그들이 각자의 전쟁터에서 찬란한 생의 전투를 치르고 있기를 바란다.

지금 여기에 존재하는 서로.
자리를 떠나는 순간 서로가 서로에게 휘발적인 존재가 되는 짜릿함.
그래서 여행이 좋다.

"You made it(너 해냈구나)!"

짧은 영어와 소심한 성격 탓에 여행지에서 사람들과 잘 섞이지 못했던 내게 아직까지도 기억에 남는 사람이 있다. 산티아고 순례길에서 만난 린다다.

린다는 순례길에 흔치 않은 미국인이었다. 예순 살이 넘어 보였는데, 미국인 특유의 악센트와 염색하지 않은 백발이 인상적인 백인 여성이었다. 린다를 처음 만난 건 순례길을 걷기 시작한 지 3일쯤 되었을 무렵, 순례자 숙소인 알베르게에서였다.

나와 남편이 주방에서 라면을 끓이고 있는데, 린다가 유일한 아시아인인 우리가 궁금했는지 먼저 말을 걸어왔다. 린다는 몇 년 전 남동생과 함께 순례길을 걸었고, 그 길이 그리운 마음에 홀로 스페인에 왔다고 했다. 그날 밤 말을 걸어준 그녀와 라면을 사이좋게 나눠 먹었다.

힘든 여정을 앞둔 밤이었다. 다음 날 무려 28킬로미터를 걸어야 했는데, 보통 하루에 걷는 20킬로미터보다 훨씬 긴 거리였다. 더구나 우리는 이제 막 여정을 시작한 꼬맹이들이라 걱정이 이만저만이 아니었다. 그런데 린다가 다음 목적지인 푸엔테 라 레이나에 먼저 도착해서 우리를 위해 알베르게를 예약해 주겠다고 먼저 나섰다. 이게 얼마나 고마운 제안인지는 순례자들만이 알 것이다.

당시 푸엔테 라 레이나에는 알베르게가 하나뿐이었다. 소도시의 알베르게는 인터넷이나 전화로 예약할 수 없는 경우가 많다. 이 시대에 놀랍게도, 직접 걸어서 도착한 사람만이 선착순으로 방을 얻을 수 있는 아날로그 시스템이다. 그건 아마도 기차나 자동차가 아닌 두 다리로 걸어 도착해야만 의미가 있는 순례길의 특성과도 관련이 있을 것이다.

우리는 각자 10킬로그램이 넘는 배낭을 짊어지고 있었고, 린다는 짐을 다음 숙소로 미리 보내주는 '동키 서비스'를 활용해서 가벼운 가방만 들고 걷고 있었다.

우리 방을 예약해 주겠다는 린다의 말을, 솔직히 나와 남편은 믿지 않았다. 대화 몇 마디 나눈 우리에게 선의를 베풀 이유가 있을까. 게다가 팬데믹으로 출국이 불가능했던 시기가 막 끝났던 터라, 유럽에서 아시아인에 대한 혐오가 심하지는 않을지 하는 걱정으로 우리는 다소 위축되어 있던 터였다.

다음 날 남편과 나는 28킬로미터를 걸어 겨우 푸엔테 라 레이나에 도착했다. 아니나 다를까, 늦게 도착한 탓에 알베르게의 방은 다 차 있었다. 당장 잘 곳이 없었다. 우리는 택시라도 타고 다음 마을로 이동해야 하나 고민하다가 '에이, 설마 진짜로?' 하고 반신반의하며 린다의 이름을 꺼냈다. 그랬더니 직원이 "오, 린다!" 하고 반색하면서 그녀가 한국인 남녀가 올 테니 방을 하나 비운 채로 기다려달라고 했다는 이야기를 전했다. 덕분에 그날 밤 우리는 노숙을 면하고 예쁜 알베르게에서 하루 쉬어갈 수 있었다.

고마운 마음이 들었지만 전화번호를 교환하지 않았기에 인사를 전할 방법이 없었다. 그런데 야외 테이블에서 린다를 다시 만났다. "린다!"라고 부르며 달려갔더니, 린다가 활짝 웃으며 일어나서 "You made it!(너 해냈구나!)"라며 안아주었다.

무거운 가방을 메고 28킬로미터를 걸을 수 있을지, 우리 스스로도 미심쩍었었다. "너 해냈구나!"라는 말에서 많은 감정이 느껴졌다. 린다는 우리를 순수하게 믿어준 것이다. 우리가 도착하지 못하거나 다음 마을로 차를 타고 이동하면, 방이 비고 알베르게에 미운 소리를 들을 수도 있는데 그걸 감수하고 우리를 믿기로 선택하다니.

그날 저녁 우리는 오랫동안 대화를 나눴다. 대개 순례자 숙소에서는 레드 와인이 무한 제공된다. 하지만 대부분의 순례자는 다음 날의 컨디션을 위해 조금만 마신다. 술을 무진장 좋아하는 우리조차 그랬다. 그런데 그날은 달랐다. 린다와 함께한 저녁, 나는 다음 날 걸어야 한다는 사실을 잊은 채 분위기에 취해갔다. 린다는 영어를 잘 못하는 우리를 위해 단어 하나하나 흘리지 않고 또박또박 말해주었다. 엄마 같기도 시골 할머니 같기도 했던 그녀의 포근함이 아직도 마음에 남아 있다.

누군가를 믿는 일은 어려운 일이다. 오죽하면 "자식이 부모를 한 인간으로서 존경하는 경우는 극히 드물고, 마찬가지로 부모도 자식을 한 인간으로서 완전히 신뢰하기 어렵다"라는 말도 있을까. 평생 얼굴을 마주하고 산 가족도 서로를 알면 아는 대로, 모르면 모르는 대로 완전히 신뢰하기 어렵다는 뜻일 것이다. 하물며 일면식도 없는 사람을 신뢰하는 건 얼마나 어려울까? 하지만 뜻밖에도, 여행을 하면서는 무조건적인 응원과 신뢰를 종종 마주하곤 했다.

　여행은 그 사람의 가장 좋은 면만 보는 시간들이다. 그 사람도 나도 일상으로 돌아가면 부족한 인간이겠지만, 여행지에서는 굳이 그걸 생각할 필요가 없다. 한 나라의 외교관이 된 듯 나의 가장 좋은 모습을 꺼내 보이고, 또 상대의 가장 좋은 모습을 음미하면 된다.
　내 최고의 모습으로 최고의 사람들을 만났던 그 추억 덕분에 다시 한 시절을 살아갈 힘이 생기곤 한다.

사랑받을수록
더 잘 사랑할 자신이 생겨

    세계여행을 하면서 애착 가방처럼 들고 다녔던 카키색 백팩이 있다. 영상 대부분이 남편이 나를 촬영하는 구도라 내 뒷모습이 많이 나오는데, 가방이 어느 브랜드 제품인지 묻는 댓글이 많이 달리곤 했다.

    발리 우붓을 여행하던 어느 날 우연히 구독자를 마주쳤다. 우리는 도로 하나를 사이에 두고 인사를 나눴다. 그녀는 나와 똑같은 가방을 샀다며 어린아이처럼 신이 나서 등을 돌려 보여주었다. 우붓의 작은 골목에서 같은 가방을 멘 유튜버와 구독자가 마주친 신기한 순간이었다.

    이처럼 물건뿐 아니라 음식점과 여행 코스까지도 우리 영상을 믿고 똑같이 다닌 뒤 후기를 알려주시는 분들이 많다. 시작할 때만 해도 우리 영상을 보는 사람이 많아야 100명, 200명이었는데, 지금은 거의 20만 명이 보고 있다. 관심을 먹고 사는 직업이니 많은 관심을 받을수록 성공했다고 볼 수도 있다. 그런데 이 20만 명은 취향도 성격도 자라온 환경도 다 다른 사람들이라, 나를 좋아하는 사람이 늘어날수록 그만큼 나를 부정적으로 바라보는 시선도 함께 늘어날 수밖에 없다.

뛰어날 것 없는 내가 보통 사람보다 큰 공개적 발언권을 갖게 되면서 마음이 복잡해졌다. 처음엔 유튜브에 투입되는 시간과 노력에 대한 고민은 있었지만 도덕적 부담까지 져야 한다고 생각하지는 않았었다. 그런데 구독자 수가 조금씩 늘면서 그 영향력이 내가 생각했던 것보다 훨씬 크고 무섭다는 걸 깨달았다.

나는 완벽한 인간도, 뛰어난 인간도, 심지어 평균적인 인간도 아니다. 선량한 인간인가? 그것도 알 수 없다. 다만 인생을 스스로 책임지며 타인에게 피해를 끼치지 않겠다고 다짐하는, 아주 필수적인 도덕성만 갖춘 인간일 뿐.

하지만 어느 순간부터 단순히 여행하는 '우리'에 집중해서 영상을 찍던 전과 다르게, 시청자를 배려해야겠다는 생각이 들었다. '황금 같은 휴가에 내가 보여드리는 코스를 따라갔다가 실망하시면 어쩌지……' 싶었다. 그러니 적어도 솔직해지겠다고 다짐했다. 모두를 만족시킬 수는 없지만, 단순히 방송이니까 맛이 없는데도 맛있다고 하거나 좋지 않은데도 좋다고 말하지는 말자고.

그러다 보면 가끔 솔직함에 대한 불편함을 내비치는 댓글이 달리기도 한다. '여행지가 너무 좋다'고 말하면 상대적 박탈감이 느껴지니 표현을 자제해 달라는 반응이 오기도 하고, 반대로 오랜 시간 들여 와야 할 곳은 아닌 것 같다고 말하면 누구는 평생 가보고 싶어도 못 가볼 여행지를 비하했다는 비난을 듣기도 했다.

지금은 어느 정도 단련되었지만, 그럼에도 가끔 힘든 날이 있다. 이런 문제로 힘들어하던 중 만난 댓글이 기억에 남는다.

"나 좋다고 하는 사람만 바라보고 살아도 짧은 게 인생이에요. 현주 씨를 좋아해 주는 사람들만 생각하면서 재미나게 살아요."

주식 투자로 여행 경비를 충당한다는 영상을 올리고서 악플을 마주했을 때, 그 영상을 끝까지 본 사람은 전체 시청자 중

고작 10퍼센트였다. 영상을 제대로 보지도 않고 비난하는 사람들보다는, 내 이야기를 '열 명 중 한 명이나' 끝까지 들어주었다는 사실에 집중하고 나니 비로소 감사한 마음이 들었다.

남편과 나는 얼마 전 태어나서 처음으로 소액이나마 기부라는 것을 해보았다. 보육원에서 성인이 되어 퇴소하는 아이들을 위해 필요한 물품과 캐리어를 후원했다. 의무감이 아니라 자연스럽게 우러나온 마음에서 기부할 수 있다는 데에 나 스스로도 놀랐다.

나는 이타적인 사람이 아니었다. 어렸을 땐 '나 먹고살기도 바쁜데 기부를?' 하는 생각이 지배적이었다. 그런데 갑자기 선한 일을 하고 싶다는, 받았던 사랑에 보답하고 싶다는 생각이 들면서 집 근처 보육원을 검색하는 나 자신이 놀라웠다. 아마 나 다음으로는 남편과 부모님이 놀랐을 것이다. '쟤가 저런 애였다고?' 하면서.

가끔 연예인들이 기부나 선행을 했다는 기사가 올라오면, 부끄럽지만 속으로는 목적성을 의심하곤 했다. '세금을 줄이려고 기부하는 걸 거야', 혹은 '연예인으로서 필요한 이미지 관리일 거야!' 같은 식으로. 그런데 놀랍게도 내가 분에 넘치는 사랑을 받아보니 알 수 있었다. 마냥 감사하기만 한 그 마음을.

'내가 뭐라고' 싶은 감사함을.

아마 더 큰 금액을 기부하고 훨씬 어려운 선행을 실천하는 사람들도 순수하게 기쁜 마음이었을 것이다. 할 수 있는 한 최고로 좋은 걸 베풀고 싶고, 더 할 수 있는 여력이 되지 않아 아쉬웠을 것이다. 이렇게라도 받은 사랑을 돌려줄 수 있다면 다행이고, 그래도 온전히 돌려주기엔 턱없이 부족하다고 느꼈을 것이다.

세상엔 내게 사랑을 준 사람에게 그 사랑을 온전히 보답할 수 있는 경우보다 미처 보답할 수 없는 경우가 더 많다. 하지만 꼭 내가 받은 사랑을 당사자에게 돌려줄 필요가 있을까? 내가 만나는 다른 누군가에게 그 사랑을 나눠줄 수 있다면, 그걸로도 충분하다. 그리고 사랑을 받을수록 점점 더 누군가를 잘 사랑할 수 있다는 자신감이 생긴다.

제 2의 직업으로 돈을 벌기 위해 시작했던 유튜브였는데, 전에 없던 영향력이 생기고 나니 정말로 좋은 사람이 되고 싶어졌다. 앞으로 남은 삶에 목표가 하나 있다면, 받은 사랑에 보답할 줄 아는 사람이 되는 것이다.

말하고 보니 유튜브가 사람 만들었다!

부부 사이는 지피지기 백전불태

구독자들에게 가장 많이 받는 질문을 꼽자면, 남편과 싸우거나 갈등이 있을 때 어떤 식으로 해결하냐는 것이다. 그때마다 우리의 대답은 거의 같다. "저희는 싸우는 경우가 거의 없어요……."

비현실적인 대답으로 여겨질 수도 있지만 사실이다. 우리는 의견 충돌이 거의 없다. 매사에 한마음 한뜻이라는 말은 아니다. 우리는 취향도 성격도 MBTI도 모두 다른 정반대의 인간들이다. 그럼에도 의견 충돌이 없다는 게 어떤 의미인지를 생각해 보자면…….

아무래도 피아 식별이 안 되어서 그렇지 않나 싶다(?).

손자병법에서 '지피지기 백전불태'라고 했다. 적을 알고 나를 알면 백 번 싸워도 위태로워지지 않는다는 뜻이다. 흔히들 지피지기 '백전백승' 또는 '백전불패'로 알고 있는 경우가 많은데, 원문은 백전불태다. 적을 알고 나를 안다고 해서 백 번 모두 이길 수는 없겠지만, 적어도 치명적으로 위태로워지지는 않는 셈이다.

결혼 9년 차인 지금, 남편은 내 표정만 봐도 내 감정이 어디쯤 위치해 있는지 파악할 수 있을 정도로 나를 나보다 잘 안다. 나도 마찬가지다. '내가 이런 장난을 치면 남편이 이렇게 반응하겠지?'가 어느 정도 감이 잡힌다. 상대의 반응이 예상 가능한 범위 안에 있다고 해서 지루하지는 않다. 오히려 편안하다. 나는 사랑은 상대가 예상할 수 있는 범주 안에 머물러주는 것이라고 생각한다.

내가 좋아하는 영화 〈비포 선라이즈〉에 이런 대사가 나온다.

"너는 오래 만난 커플은 서로 뭘 할지 뻔히 알기 때문에, 매너리즘을 느끼고 서로를 미워한다고 했지. 나는 너랑 반대야. 서로에 대해 아는 것이 진짜 사랑이야. 머리를 어떻게 빗는지, 매일 어떤 옷을 입을지, 어떤 상황에 어떻게 말할 것인지…… 그걸 아는 게 진짜 사랑이야."

우리는 서로를 너무 잘 알기 때문에 위태로운 싸움까지 가지 않는다. 상대가 어떤 생각으로 저 주장을 펼치는지, 어떤 감정을 느끼는지 너무 잘 알다 보니, 그 마음이 타인의 것처럼 느껴지지 않는 것이다.

인간의 뇌 구조상, 애초에 타인을 자기 자신만큼 사랑하는 것은 불가능하다고 한다. 그럼에도 우리는 살면서 희생적이고 헌신적인 사랑을 종종 목격한다. 자식에 대한 부모의 사랑이 그러하고, 부부와 연인의 사랑, 혹은 타인의 생명을 구하는 사람들의 인류애가 그러하다. 과학적으로 보면 그런 사랑은 '나 아닌 타자'를 사랑하게 된 결과가 아니라 '나'의 개념 자체가 바깥으로 확장되어 나타난 결과라고 한다.

남편과 나는 서로를 너무 잘 알게 된 끝에 상대와 나를 구분하는 피아 식별이 불가능하게 되었고, 지피지기 끝에 결국 싸움이 백전불태가 되지 않았을까……. 이게 나의 결론이다.

물론 손자병법에서 말하는 '위태롭지 않다'는 뜻은 순전히 자신의 편이 질 위기에 처하지 않는다는 뜻이겠지만, 나는 부부 관계에서는 한쪽이 위태로운 것보다 전체 '관계'가 위태로운 것이 더 큰 문제라고 생각한다.

당연히 우리도 여행지나 투자 종목처럼 중요한 의사 결정을 앞두고 의견이 다를 때가 있다. 그럴 때면 더 강력하게 의견을 주장하는 사람의 의견을 따라가는 편이다. 예를 들어 남편이 삼성전자에 투자하고 싶어 하고, 나는 애플에 투자하고 싶어 하는 상황이라면…… 서로 물어본다. "얼마만큼 확신해?" 그때 서로의 표정이나 말투를 보면 답은 바로 내려진다. 아, 저 사람이 나보다 더 진심이구나, 더 확신하고 있구나. 그럼 그 의견을 따라준다.

가끔 그 의견에 따르고 싶지 않더라도, 툴툴거리면서 따라주는 게 또 그 나름의 재미가 있다. 어차피 이번에 들어주지 않아도 상대의 해결되지 않은 열망은 언젠가 꿈틀꿈틀 고개를 들 것이다. 한쪽이 포기하지 못하는 목마름은 결국 나중에 함께 겪어야 한다. 말리는 게 더 피곤하다. 어차피 할 거면 속 시원하게 해주자!

사실 어떤 의사 결정도 남편의 의중이나 감정보다 중요하다고 생각하지는 않는다. 남편도 같은 마음일 거라고 믿는다.

못 말리는 사랑꾼이라고 말해도 어쩔 수 없다!

내가 너를 픽(pick)한 거야

나는 인맥이라고 할 만한 인간관계가 다섯 손가락 안에 들 정도로 내향적이다. 많은 사람과 동시다발적으로 대화하는 데 서툴고, 모임에 불가피하게 참석하게 되면 아무도 말을 걸지 않기를 바라는 주문을 마음속으로 외고 있을 정도로. 학창 시절에 모두와 두루 친하게 지내는 친구들이 있었다면 나는 한두 명의 단짝만 있으면 된다고 생각하는 사람이었다.

그런 내게 유튜브 구독자들이 친구 관계가 좋다고 칭찬하는 건 신기한 일이다. 집이 없던 시절 보름이 넘게 친구네 집에서 신세 지는 모습이나, 며칠씩 동고동락하는 모습을 보고 그렇게 느끼는 게 아닌가 싶다.

얼마 전 그 친구와 우리가 처음 만난 고등학교 시절 이야기를 하다가 친구가 이런 말을 했다. "내가 너를 픽(pick)한 거야." 오, 그래서였구나.

사실 의문이 든 적이 많았다. 지난 인연들과 연락이 자연스럽게 뜸해지는 와중에, 왜 이 친구와는 줄곧 잘 만나고 있는 걸까? 나는 누구에게 연락하고 만나자고 하는 게 무서운 사람인데, 전화가 와도 받기가 망설여지는 사람인데. 친구는 항상 먼저 손을 내밀어 줬다. 자기 이야기를 들려주고, 고민을 이야기해 주고, 만나자고 해줬다. 나는 고민이 생겨도 혼자 해결하는 성향인데, 작은 고민이 생길 때마다 전화해서 조잘대는 친구가 귀엽게 느껴졌다.

돌이켜 보면 내 친구들은 대체로 동굴 속에 있는 내게 먼저 손을 내밀어 줬다. "넌 왜 먼저 연락 안 해?"라며 서운해하지 않고 다가와 준 사람들. 혹여나 이 관계에서 내가 말실수를 하거나 오해가 생기더라도 나를, 우리 관계를 소중하게 생각해 줄 사람이구나, 하는 안도감이 나로 하여금 마음을 열게 만들었다.

로스앤젤레스를 여행할 때는 미국에 사는 고등학교 시절 친구를 만나러 갔다. 내 어린 시절을 알고 있는 친구고, 남편을 내게 소개해 준 사람이기도 하다. 친구는 가정을 꾸려 이제는 아기 엄마가 되었다. 오랜만에 친구를 만나니 타임머신을 타고 우리가 함께했던 시간으로 돌아간 듯했다. 한참 동안 옛이야기를 하고 나서 헤어지려 하니, 왜인지 눈물이 났다. 친구와 헤어지는 게 아니라 꼭 열일곱 살의 내 청춘과 작별하는 느낌이었다. 이 기분을 영상으로 공유하자 많은 분이 공감했는데, 그중 기억에 남는 댓글이 있다.

"친구는 그 시절의 나를 알고 있는 사람이라 소중해요. 우리는 유랑쓰의 지금 이 시절을 알고 있다고요!"

이런 댓글 덕에 유튜브를 한다. '베이비 샤워', '브라이덜 샤워'라는 말이 있지 않나. 나는 이걸 '댓글 샤워'라고 부른다! 유튜브를 하면서 우리의 현재를 기억해 주는 분들이 늘어났다. 친구나 부모님보다도 나를 더 속속들이 알고 기억해 주는 절친이 생긴 셈이다.

신뢰라는 건 참 소중하고, 소중한 만큼 드물다. 그렇게 흔하지가 않다. 나는 신뢰라는 건 절대적으로 시간에서 온다고 생각한다. 그 사람과 함께 통과해 온 시간. 그 사람은 지난 시간의 나를 알고 있고, 나는 그 사람의 지난 시간을 알고 있을 때 생겨나는 게 신뢰다.

그 시간 동안 좋은 일만 있지는 않았을 것이다. 친구가 예민한 어느 지점에서 벌컥 화를 내는 모습도 봤을 것이고, 친구들도 나의 지질하고 이기적인 모습을 여과 없이 목격했을 것이다. 하지만 그럼에도 우리가 통과해 온 시간 속에서 크고 작은 사건들을 무난하게, 큰 탈 없이 극복하고 지나왔다는 것, 그게 우정과 신뢰의 조건이 아닌가 싶다.

구독자들도 영상에서 나의 좋은 모습만 보지는 않았을 것이다. 하지만 그분들은 내가 서툴고 부족한 모습으로 어느 한 시절을 좌충우돌 통과해 가는 걸 목격하고 있다. 우리의 시간은 우정이다.

이 자리를 빌려 고마움을 전한다. 저를 '픽(pick)'해줘서 고마워요, 여러분.

※

마법의 문장 "그럴 수 있지"

가끔은 인생이 엉킨 실타래처럼 느껴질 때가 있다. 그 사람은 나한테 어떻게 이럴 수가 있으며, 세상은 또 나한테 왜 이러지? 요즘 말로 세상이 나를 '억까한다(억지로 깐다)'고 느껴질 때, 도무지 이해할 수 없는 상황에 분노가 치밀 때, 마음속으로 외치는 마법의 문장이 하나 있다.

"그럴 수 있지."

그 상황을 '틀림'이 아닌 '다름'으로 받아들일 수 있게 하는 말. "그럴 수 있지."

아이스 아메리카노를 주문했는데 뜨거운 커피가 나와서 입천장을 데었을 때, 친구나 가족의 말이 큰 상처가 됐을 때, 중요한 일을 실수로 망쳐버려서 스스로에게 화가 날 때, "그럴 수 있지"라고 읊조리면 부정적인 상황에서 어느 정도 평정을 유지할 힘이 생긴다.

　내 마음대로 되는 게 거의 없는 세상에서 어찌 타인이 내 마음 같기를 바랄까. 타인은 고사하고 나 자신조차 마음대로 조절되지 않는데 말이다. 타인이 내 맘 같지 않아 힘들 때 이 주문을 외면 나도 편하고 상대도 편해진다.

　'그럴 수도 있다'는 말은 인간이 불완전한 존재라는 걸 알려주는 문장 같다. 인간은 누구나 실수하는 존재라는 걸 되새기고 나면 질타보다는 이해와 포용력이 생긴다.

　보통 사람은 자기 자신을 표준이라 생각하며 살아간다. 타인으로부터 곱지 않은 시선이나 질타를 받기 전까지는. 나도 그랬다. 내가 생각하는 것이 정답이고, 보편적인 사람이라면 누구나 내 생각에 동조할 거라 여겼던 시절이 있었다. 학교에 입학하고 또래 집단이 생기고, 직업을 갖고 사회생활을 하면서 '표준'이라는 건 사실 존재하지 않는다는 걸 깨달았다. 세상에는 나와 생각이 다른 사람이 대부분이고 그중 일부는 나를 싫어할 수도 있다는 사실을 뒤늦게 알았다. 한때는 소리 없는 충돌 끝에 내 의견을 이야기해 봐야 득보다 실이 많다고 생각했었다. 나는 점점 의사 표현에 소극적인 사람이 되어갔다.

그랬던 내게 신선한 충격을 준 사람이 한 명 있다. 세계여행을 하며 만난 사람이었다. 그날 우리는 분위기에 취해 인생에 대한 깊은 대화를 나눴다. 나는 건강할 때 안락사를 택해 스스로 생을 마감하고 싶다는 이야기를 했다. 지금껏 비슷한 말을 할 때마다 황당한 사람 취급을 받아왔는데 그의 반응은 달랐다. 그는 내 말에 적잖게 놀라면서도 "그럴 수 있지"라고 대답했다.

그럴 수 있다는 말은 '나는 네 의견에 동의하지는 않지만, 너는 그렇게 생각할 수도 있겠다'는 의미다. 찬성도 반대도 아닌 중립의 문장. 있는 그대로의 너를 받아들인다는 존중의 표현. 생각이 같고 다르고는 중요하지 않다. 그가 내 생각을 존중한다는 게 중요했다. 당시 나는 그의 말에 큰 위로를 받았다.

그때부터였다. 불안정한 상황이 닥칠 때 "그럴 수 있지"라는 주문을 외우기 시작한 건. 나를 평화롭게 하는 일은 상대를 있는 그대로 인정하는 것에서부터 시작한다.

오늘도 "그럴 수 있지"라는 마법의 문장을 외며 생각한다. 내가 말 한마디로 큰 위로를 받았던 지난날처럼, 내가 이 위로를 다른 사람에게 전해줄 수도 있겠구나. 그 사람은 또 다른 상대에게 이 위로를 전해줄 수 있겠지. 그렇게 돌고 돌아 언젠가는 나도 이름 모를 누군가에게 비슷한 위로를 돌려받을 날이 오겠지.

나와 타인 모두에게 "그럴 수 있지"라는 말을 아끼지 말고 살아야겠다.

나의 영원한 X축

"부부끼리 365일 24시간 붙어 있는 것이 힘들거나 귀찮지는 않나요?"

우리가 자주 듣는 또 하나의 질문이다. 왜 이런 질문을 많이 하는지, 그 이유는 충분히 이해가 간다. 부부라면 누구나 배우자를 사랑하고 마음 같아서는 최고로 잘해주고 싶겠지만, 한국인 대부분은 격무와 수면 부족에 시달리며 스트레스를 안고 산다. 내 옆 가장 가까운 사람에게 항상 친절하기란, 이론적으로는 가능해도 현실적으로는 불가능한 일처럼 보인다.

나와 남편도 늘 깨 볶거나 서로에게 상냥하지는 않다. 완벽할 수는 없는 게 인간이니 가끔 서운해지는 지점이 있어도 '그러려니' 할 따름이다.

다만 나는 남편이 내 인생에서 절대 빠질 수 없는 요소, 함수 그래프의 X축이라고 생각하며 산다. 내가 Y축이고 남편이 X축이라면, 그래프는 우리가 함께 그려갈 인생이다. 좌표 평면의 필수 요소가 X축과 Y축이고, 그중 하나라도 없으면 2차 함수 그래프가 성립하지 않는 것처럼, 나 역시 이제는 남편이 곁에 없으면 인생이라는 그래프를 그릴 수 없을 것 같다.

요즘엔 부부 유튜버가 꽤 많은데, 남편은 그들을 다 만나보고 싶어 한다. 사실 나는 새로운 사람을 만나는 게 부담스럽지만, 그래도 용기를 내는 이유는 남편이 있기 때문이다. 낯선 사람과 있을 때 내 안에서 요동치는 불편하고 어색한 감정을 남편이 옆에서 어느 정도는 흡수해 준다. 나는 남편이라는 날개를 달고 훨훨 날아 다양한 관계와 세상을 탐험한다.

남편은 악플에 대한 완충제도 되어준다. 열심히 찍고 편집해서 올린 영상에 나에 대해 좋지 않은 댓글이 달릴 때, 남편은 유튜브를 그만두고 싶다고 한다. 하지만 나는 그가 그런 마음을 갖고 있는 것만으로도 이미 괜찮아지는 느낌이다. 그래서 나는 남편에게 단호하게 말한다. "내가 괜찮으니까 그런 생각은 넣어둬!"

끝을 모르고 뻗어나가는 나의 부정적 감정을 다시 X축으로 되돌려 놓는 것도 남편이다. 가끔은 어디서 도를 닦고 온 게 아닐까 싶을 정도로 감정 기복이 잔잔한 수평선 같은 남편은, 자주 파도처럼 요동치는 나의 감정을 고요하게 어루만져준다.

불안한 마음이 들 때면, 일하고 있는 남편 옆에 조용히 앉는다. 내가 화장실 가고 싶은 어린아이 같은 얼굴로 다가가면, 남편은 그럴 줄 알았다는 표정으로 피식 웃으며 오늘은 또 어떤 일이 내 마음을 불편하게 했는지 묻는다. 남편의 평온한 표정에 답례라도 하듯 나는 대답한다.

"괜찮아. 아무 일도 일어나지 않을 거야."

이경규와 김제동이 진행하던 〈힐링캠프〉라는 프로그램이 있었다. 배우 이유리가 게스트로 출연했을 때, 어떤 남자와 결혼해야 하냐는 질문에 그녀는 "이 사람과 함께라면 텐트 하나만 있어도 살 수 있다는 생각이 들면 결혼하라"고 조언한다. 내가 그랬다. 남편과 함께라면 텐트 하나만 있어도, 아니, 텐트조차 없어도 재밌게 살 수 있을 것 같았다.

남편이 X축이고 내가 Y축이라면, 우리가 찍어나가는 점은 인생이라는 그래프를 만들어 나가는 과정이다. 텐트조차 그 점과 선 안에 포함되어 있다.

서울에 비싼 집이 있든 없든, 당장 통장에 쓸 돈 한 푼이 있든 없든, 현재의 조건이 아니라 우리가 미래에 찍어나갈 점이 중요하다. 때로는 오르락내리락 굴곡 있는 선을 그리게 될 터다. 좋은 날과 힘든 날은 언제나 오고 가기 마련이니까.

　하지만 그 과정 또한 굳건히 즐기며 살아갈 자신이 있다. 내 옆엔 언제나 든든한 X축, 남편이 있을 테니까.

페르소나를 벗어던졌을 때
생기는 일

페르소나 : 그리스의 고대극에서 배우들이 쓰던 가면. 이후 심리학에서 타인에게 비치는 외적 성격이라는 뜻으로 사용되기 시작했다.

심리학자 카를 구스타프 융은 "인간은 천 개의 페르소나를 지니고 있어서 상황에 따라 적절한 페르소나를 써서 인간관계를 이루어 간다"라고 했다. 실로 우리는 여러 페르소나를 가지고 산다. 부모로서의 페르소나, 자식으로서의 페르소나, 친구로서의, 회사 동료로서의, 직업인으로서의 페르소나. 사회에서의 위치나 역할에 따라 조금씩 다른 모습으로 산다. 관계마다 달라지는 자신의 모습을 누구나 한 번쯤은 경험해 봤을 거다.

페르소나는 사회생활을 원만하게 유지하게 해준다. 사회는 본모습에 완전히 솔직한 사람보다는 페르소나를 적절히 잘 쓰는 사람을 더 선호한다. 페르소나라는 말 자체가 '역할'을 뜻하기 때문이다. 사회는 다양한 개체들이 영향을 주고받기 때문에, 일부가 그 기능을 다하지 않으면 전체가 무너질 것을 우려한다. 직장과 가정, 연애와 우정, 온라인과 오프라인, 친목 모임과 공적 모임 등 역사상 어느 때보다 다양한 역할이 요구되는 현대사회에서, 페르소나라는 건 생존에 꼭 필요한 능력일지도 모르겠다.

하지만 나는 오랜 시간 페르소나 때문에 괴로웠던 사람이었다. 페르소나에는 분명 순기능이 있지만, 인간 임현주는 그 페르소나 안에 갇혀 있다고 느껴졌다. 오랫동안 내 본모습이 아닌 페르소나에만 열중해서 살다 보니 내가 진짜로는 누구고 어떤 사람인지를 잊게 되었다.

단언컨대 누구도 그러라고 시킨 것은 아니었다. 다만 나는 교복을 입기도 전부터 은연중에 사회화가 너무 잘된 학생이었다. 경제력 없는 삶이 얼마나 힘든지 계급적 현실을 비교적 어린 나이에 깨달았고, 사회로부터 공인된 학력이나 직업 외의 다른 길로 성공하려면 얼마나 큰 노력과 개성이 필요한지 알고 있었다. 그 '예외적이고 가치 있지만 어려운 길'을 갈 자신은 없었고, 그러다 보니 남에게 신세 지지 않고 경제적으로 독립하는 것만이 삶의 목적으로 자리 잡은 학생이었다.

그 페르소나가 어린 나이에 나를 강력하게 지배했다. 나는 페르소나를 나와 완전히 동일시하면서, 그 밑에 감춰진 나를 들여다볼 생각조차 하지 못했다. 그러는 동안 나도 모르는 사이에 페르소나와 진짜 나의 간극이 너무 커지고 말았다.

내겐 여러 페르소나가 있었지만 그중 교사로서의 페르소나가 가장 어려웠다. 한창 자라나는 아이들은 미숙하기에 나는 너그러워야 했고, 그러면서도 단호해야 했다. 또 1년마다 바뀌는 학생과 학부모를 비롯해 만인을 사랑해야 했다. 하지만 그 시절 내가 나 자신이라도 진정으로 사랑할 줄 알았는지도 의문이다.

사실 교사로서의 페르소나에 그토록 큰 압박을 느꼈던 건, 그 일의 중요성을 누구보다 잘 알아서였던 것 같다. 그 페르소나는 나날이 커져서 나를 짓눌렀다.

직업인으로서의 페르소나는 우리가 365일 중 가장 많은 시간을 쓰는 페르소나다. 살면서 매일매일 여덟 시간씩 할 수 있는 일은 노동과 수면뿐이다. 인간은 매일 여덟 시간씩 먹을 수도 없고, 매일 여덟 시간씩 걷기만 할 수도 없다. 매일 여덟 시간씩 누군가와 입을 맞출 수도 없다. 그러니 그 일이 얼마나 사회적으로 중요한들, 인생의 3분의 1을 일에 쓰면서 행복할 수 없다면 의미가 없다.

그래서 모든 페르소나를 벗어던지고 여행을 떠났다. 세계를 떠돌며 다양한 사람을 만날 때는 의식적으로 그 어떤 페르소나도 쓰지 않았다. 사실 페르소나를 쓰는 가장 큰 이유는 사람들이 나를 어떻게 볼지 신경 쓰기 때문인데, 모든 걸 버리고 떠나온 만큼 그 순간에조차 타인을 먼저 생각하고 싶지는 않았다. 일부러 맨몸의 나 자신으로 사람을 대했다. 평생 느껴보지 못한 해방감이 밀려들었다.

한국에 온 지금도 상식과 예의에 어긋나지 않는 선에서라면 어떤 상황에서든 나 자신이려고 노력하는 편이다. 전처럼 착해 보여야 한다거나 좋은 사람으로 보여야 한다는 압박에 시달리기보다 상황과 감정에 솔직해졌다.

'나는 나로 살기로 했다.' 이 표현이 딱 맞는 것 같다. 좋은 사람, 착한 사람보다 그냥 나로 사는 것, 그편이 더 행복하다. 그러다 보면 같은 피드백을 받아도, 예를 들면 누군가에게 똑같이 나를 좋아한다는 말을 들어도 그 말을 진심으로 믿게 된다. 왜냐하면 나는 아무것도 꾸며내지 않았으니까. 그 사람이 좋아하는 모습은 내 가면이 아닌 진짜 내 알맹이니까.

모든 사람이 잠시 페르소나를 벗어던지고 자신을 마주하는 시간을 가졌으면 좋겠다. 여행이 아니더라도 혼자 있을 때나 잠시 일상을 떠나 있는 시간에 스스로와 대화해 보면 좋겠다. 페르소나를 모두 벗어던진 채로 딱 하루라도 살아봤을 때의 그 쾌감을 느껴봤으면 좋겠다. 느끼는 대로 행동하고 말하는 행위가 생각보다 엄청난 해방감을 주기 때문이다.

물론 도덕적으로 방종해지라는 뜻은 아니다. 페르소나를 벗어던지는 건 그저 제약 없이 나를 탐구하는 시간이다. 우리는 모두 언젠가 한 사람의 사회인으로 돌아와야 하겠지만, 돌아왔을 때 나는 분명 그 전과는 달라져 있을 것이다. 어떻게 하면 행복하게 사회 안에서 긍정적 영향을 끼칠 수 있을지, 어떻게 하면 나답고 건강하게 살아갈 수 있을지를 아는 사람이 되어 있을 것이다.

4장

✦

이 인생은 '진짜'다

그 순간 과거의 나는

더 이상 존재하지 않는다는 사실을 깨달았다.

나도 모르는 사이 나라는 사람은 변화해 있었다.

과거의 나는 안락한 도서관에서

텍스트로 세상을 배웠다면,

지금의 나는 온몸을 세상에 던져

직접 보고 느끼고 만지고 있었다.

✦

1달러짜리 피자조차 달콤해

6개월간 동남아 여행을 마치고 지구 반대편 뉴욕에 도착했다. 뉴욕 땅에 발을 들여놓자마자 동남아에 비해 수십 배 이상 비싼 물가에 놀랐다. 태국에서 2천 원이면 먹던 샐러드를 2만 원을 줘도 먹을 수 없다니. 장기 여행자에게 뉴욕의 물가는 가혹하다 못해 살인적이기까지 했다.

음식값에 붙는 부가가치세와 팁을 감당할 자신이 없었던 우리는, 1달러 피자라는 치트키를 발견했다. 18인치짜리 피자 한 조각에 1달러라니! 의자도 없는 자그마한 1평짜리 스탠딩 바에 기대어 피자 한 조각씩을 허겁지겁 먹어 치웠다.

1달러짜리 피자의 맛이 어땠느냐고?

놀랍게도 유명 레스토랑에서 먹었던 그 어떤 피자보다 맛있었다. 토마토소스는 왜 이리 새콤하고 달콤하며, 치즈는 또 왜 이렇게 고소한 거냐며, 남편과 나는 이 정도라면 뉴욕에 평생 살 수 있겠다며 잔뜩 신이 났다.

우리에게 뉴욕의 살인적인 물가는 더 이상 문제가 되지 않았다. 배가 고프면 1달러 피자를, 그보다 큰 허기를 채우고 싶으면 슈퍼마켓에서 도시락을 사서 센트럴파크에 앉아 먹으면 되었으니까. 동남아에서 뉴욕으로 온 지 하루 만에 큰 폭으로 뛴 물가에 적응하지 못한 남편과 나는 센트럴파크의 벤치에 앉아서 도시락 한 개를 나눠 먹곤 했다.

맨해튼의 공원에는 의자와 테이블이 많다. 뉴욕의 물가가 여행자에게만 살인적인 것은 아니라는 걸 증명하듯, 뉴요커들은 저마다 알록달록한 단풍나무 아래에 앉아 도시락을 먹는다. 누군가는 우리에게 뉴욕까지 가서 도시락 하나를 둘이 나눠 먹으며 청승을 떤다고 말할 수도 있겠다. 하지만 도시락을 까먹던 순간이 내게는 아직도 뉴욕에서 보냈던 최고의 순간 중 하나로 남아 있다.

그런 곳이 뉴욕이다. 입장료를 내고 관광지에 가지 않아도, 들숨 날숨조차 하나의 관광상품처럼 느껴질 정도로 치열하고 아름다운 도시.

맨해튼을 걷다 보면 다른 도시에서는 볼 수 없었던 장면을 심심치 않게 볼 수 있다. 바로 길 여기저기서 올라오는 하얀 증기다. 뉴욕 거리에는 증기기관차가 증기를 뿜어내듯이 굵은 주황색 파이프에서 하얀 증기가 올라온다. 이 증기가 빌딩 정글 속에서 꽤나 기이한 분위기를 자아낸다. 내게는 뉴욕 하면 떠오르는 장면이 자유의 여신상이나 타임스퀘어가 아닌 이 하얀 증기일 정도다.

이 증기는 도시의 노후화와 관련이 있다. 뉴욕시 지하에는 난방용 파이프가 매립되어 있는데, 오래되어 금이 간 탓에 증기가 지면으로 새어 나오는 것이다. 이 뿌연 김이 겨울마다 뉴욕을 안개처럼 자욱하게 뒤덮고, 현재는 타임스퀘어와 더불어 뉴욕의 상징처럼 여겨지는 요소가 되었다.

뉴욕에 도착한 첫날 밤, 너무 피곤했던 남편과 나는 그냥 숙소에서 쉴지 타임스퀘어에 가볼지 고민하다가, 반신반의하는 마음으로 바닥난 체력을 끌어모아 그곳까지 걸어갔다. 그런데, 저 멀리서부터 쏟아져 나오는 마법 같은 빛…….

오, 마이, 갓.

코카콜라, 애플, LG, 삼성 등 세계적으로 내로라하는 기업들의 광고가 전광판에서 쉴 새 없이 돌아가고 있었다. 기업 이름이 적힌 네온사인과 쉴 새 없이 바뀌는 디지털 광고판 화면, 인간이 만든 자본주의 문명의 정점을 단적으로 보여주는 장면에 뜻밖의 전율이 일고 가슴이 벅차오르다 못해 눈물이 나올 것 같았다.

스스로가 이상했던 나는 남편에게 물었다.

"나 왜 광고판을 보고 눈물이 나지?"

타임스퀘어에서 빛나는 건 광고판만이 아니었다. 그 거리에서 광고판을 바라보고 있는 사람들의 얼굴도 함께 빛나고 있었다. 세상에서 가장 화려하다는 그곳에서 사람들은 저마다의 꿈을 꾸고 있는 듯했다. 이미 세계인의 삶 깊숙이 파고든 기업의 광고판을 보면서 누군가는 새로운 꿈을 꾸고, 누군가는 꿈을 꼭 이루겠다는 다짐을 하고, 누군가는 사랑하는 사람과 함께하는 이 순간을 오래오래 기억하고자 했을 것이다.

타임스퀘어는 그저 화려한 조명 빛을 발하는 거리가 아니었다. 전 세계 사람의 꿈이 교차하는 장소였다. 그날 맨해튼의 심장부에서 기업의 광고판을 보며 뜻밖의 감동을 받은 건 나 하나만이 아니라는 것을, 그 거리에 모인 수많은 사람의 환희에

찬 얼굴과 그 얼굴에 비쳐 반사되는 반짝반짝한 조명 빛을 보며 알 수 있었다.

아메리칸 드림(American dream)은 미국인 대부분이 품은 이상적 삶에 대한 꿈으로, 정치, 경제, 사회적 의미를 망라하는 단어다. 좁게는 이민자나 하층 계급이더라도 미국에서는 노력만 하면 누구나 성공해 행복한 삶을 누릴 수 있다는 희망의 상징으로 통용되기도 한다. 그 기대 앞에서 지금도 누군가는 환희하고 누군가는 좌절하고 있을 것이다. 그 단편적 현장을 그날 타임스퀘어에서 목격한 기분이었다.

뉴욕은 내게 어린 시절 본 칙릿 소설이나 영화, 드라마 속에서 낭만적으로 그려진 배경이었다. 높은 물가와 월세로 고달픈 일상을 보내야 했을 주인공들도 영화 속에서는 꿈을 잃지 않은 채 그토록 사랑스러운 명랑함을 유지했던 것이다. 그 시절 나는 영화 속 도시 뉴욕을 보면서 언젠가는 저런 삶을 살겠다는 꿈을 꾸었다.

그 시절 뉴욕은 단지 로망에 불과했지만, 지금은 눈앞의 현실이었다. 내가 보내고 있는 이 시간이 그동안 얼마나 바라왔던 순간인가. 그토록 꿈꿔오고 갈망했던 삶을 살고 있다는 사실을 오늘도 내일도, 그리고 앞으로도 잊지 않을 것이다.

왜 뉴욕이라는 도시와 사랑에 빠졌는지, 아직도 한 문장으로 정의할 수는 없다. 다만 이거 하나만은 분명히 알겠다. 나에게 뉴욕은 '이뤄낸 꿈'이라는 걸.

이거 하나만은 분명히 알겠다.

뉴욕은 내게

'이뤄낸 꿈'이라는 걸.

꿈이 현실이 되는 순간

유튜브를 시작하는 사람들의 목표 중 하나는 기업으로부터 유료 광고를 받을 만큼 채널을 성장시키는 것이다. 여기서 말하는 광고는 영상 중간에 자동으로 붙는 구글 애드센스 광고가 아니라, 기업으로부터 수주받은 PPL을 의미한다. 영상을 올렸다 하면 조회 수가 50만, 100만을 넘기는 대형 채널이 아닌 이상, 대부분의 유튜버는 기업으로부터 받는 광고료가 주 수입원이다. 우리 역시 기업으로부터 광고 제안을 받는 그날이 언젠가 오기를 꿈꿔왔었다.

하지만 약 3년이라는 시간 동안 영혼을 갈아 넣고도 별다른 수익을 얻지 못했다. 구독자 1만 명, 수익은 한 달에 20, 30만 원 정도인, 투자 대비 수지 타산이 전혀 맞지 않는 적자 채널이었다.

그러던 중 말레이시아에서 찍은 '경제적 자유' 영상이 소위 말하는 '떡상'을 했고, 구독자 1만 명을 모으는 데 3년이 걸린 것이 무색하게, 우리는 갑자기 10만 명을 보유한 채널이 되었다. 영상 하나로 1만에서 10만까지, 단기간에 비약적인 성장을 이룬 퀀텀 점프를 하게 된 셈이다.

이제 우리도 유튜브로 수익을 낼 수 있는 걸까?

여행 채널 특성상 경비를 무시할 수 없기 때문에, 한 달에 300만 원의 수익이 난다고 해도 수입과 지출을 따져보면 적자일 수밖에 없는 구조다. 결국 기업 광고를 받아야만 채널을 운영할 안정적인 기반이 생기는 셈이다.

다행히 유튜브 수익이 미미했던 기간에는 인도네시아, 말레이시아, 태국처럼 물가가 저렴한 동남아시아를 위주로 여행했기 때문에 주식 투자 수익이나 배당금으로 생활을 유지할 수 있었다. 하지만 아무리 물가가 저렴하더라도 사실 성인 남녀 둘이 의식주를 해결하고 나면 여행 경비를 추가로 지출할 여유가 부족했다. 여행보다는 생존에 가까웠던 생활이었다. 곧 동남아시아를 떠나 미국과 멕시코를 여행할 계획이라, 기업 광고가 꼭 필요한 상황을 코앞에 두고 있었다.

태국 _끄라비_에서의 한 달 살이를 마치고 뉴욕행 비행기에 타기 정확히 이틀 전이었다. 국내 수영복 브랜드에서 메일 한 통이 날아왔다. 휴가를 준비하는 여행객을 타깃으로 래시가드를 소개하기 위해 우리 채널과 협업하고 싶다는 내용이었다.

1박에 3만 원짜리인 태국의 어느 작은 호텔에서 그 메일을 읽은 남편과 나는 소리 지르며 서로를 얼싸안았다.

"드디어 광고가 들어왔어!"

기쁨도 잠시, 생각해 보니 제안서가 온 것일 뿐 우리가 선정된다는 보장은 없잖아?

보통 광고주들은 홍보하고자 하는 제품과 시너지를 낼 만한 채널 여러 개를 리스트업해 둔다. 채널마다 협업 단가와 콘셉트가 다르기에 여러 채널에 광고 제안을 하고, 취합된 답변을 바탕으로 광고에 적합한 채널을 뽑는다.

어떻게 어필해야 우리 채널을 선정해 줄까? 입 밖으로 꺼내지는 않았지만 우리는 같은 생각을 하고 있었다. 지금부터가 진짜 중요하다고!

짧은 고민 끝에 신혼여행의 성지 멕시코 칸쿤을 미끼로 던져보기로 했다. 곧 태국을 떠나 뉴욕에 갈 예정이었고, 뉴욕 여행을 마치면 멕시코의 수도 멕시코시티로 갈 계획이었기 때문에 휴양지 칸쿤을 배경으로 광고를 찍는 것이 일정만 맞는다면 가능했다.

광고가 성사되면 덕분에 칸쿤까지 가게 될 거고(칸쿤은 물가가 꽤 높은 관광지다), 성사가 안 된다면 다음 여행지는 그때 생각해 보기로 했다. 간절한 마음을 담아 회신을 보냈다.

2주 정도 흘렀을까? 동남아시아를 떠나 뉴욕 여행을 마치고 멕시코시티에서 한 달 살기를 하고 있던 어느 날이었다. 두세 통의 메일이 오고 간 끝에 그토록 바라고 바라던, 기업 광고 계약이 확정되었다.

우리는 동시에 멕시코시티에서 칸쿤으로 향하는 비행기표를 끊었다.

칸쿤에 갈 수 있다!

3년 만에 첫 광고를 따냈다!

세계여행을 떠나면서, 이렇다 할 성과를 내기 전까지는 절대로 한국에 돌아가지 않겠다 마음먹었었다. 칼을 뽑았으면 무라도 썰어 와야지, 하는 다짐으로. 남들에게 공표한 것이 있어서가 아니라 나 자신에게 증명해 보이고 싶은 게 있어서였다. 그때까지만 해도 한국에 돌아갈 날은 요원해 보였다.

멕시코시티의 어느 작은 동네, 어두웠던 숙소에서 우리는 한 줄기의 선명한 빛을 보았다. 어쩌면 우리에게도 유튜버를 단순히 놀이가 아니라 직업이라 자신 있게 말할 수 있는 그런 날이 올 수 있겠다는 희망 말이다.

남들에게 공표한 것이 있어서가 아니라

내 자신에게 증명해 보이고 싶은 게 있어서였다.

내가 어쩌다 이곳까지 온 거지?

세노테(cenote). 입으로 발음만 해도 예쁜 이 단어는 멕시코의 유카탄반도 일대에서 볼 수 있는 우물 형태의 지형을 말한다. 카르스트 지형의 하나로, 석회암이 침식 작용으로 녹아내려 움푹 파인 뒤 커다란 자연 우물이 된 것이다. 이 천연 샘 위로 빛이 드리우는 순간에는 마치 내가 인어공주 애니메이션에 들어간 것처럼 신비롭고 몽환적인 기분이 든다.

흔히들 '멕시코 칸쿤' 하면 신혼여행의 성지, 올인클루시브 호텔이 즐비한 럭셔리 휴양을 떠올린다. 물론 칸쿤 바다의 에메랄드빛도 환상적이지만 그런 자연은 몰디브나 다른 휴양지에도 있다. 그렇다면 왜 지구 반대편 칸쿤까지 가야 하느냐고?

칸쿤에서 차로 한 시간 정도 거리에 있는 '플라야 델 카르멘'이라면 말이 다르다.

이 지역에는 정글 곳곳에 다양한 세노테가 숨어 있다. 세노테의 물은 햇빛을 반사하며 다채롭게 변화하는데, 시시각각 변하는 물의 빛깔을 따라 스노클링을 하다 보면 다른 차원의 세계에 발을 디딘 듯한 경이로움마저 느껴진다.

내가 간 세노테는 무서울 만큼 수심이 깊은 곳이었다. 나는 구명조끼를 입고 물에 둥둥 떠서 고개를 떨군 채 한참 동안 끝이 어디일지 가늠조차 안 가는 바닥을 내려다봤다. 자연의 신비로움에 감탄하다가 문득 그런 생각이 들었다.

내가 어쩌다 여기까지 온 거지?

사회과 부도에 딸린 세계 지도에서나 보던 멕시코 유카탄반도에 내가 와 있다니. 언어도 문화도 인종도 다른 멕시코의 천연 우물에서 스노클링을 하고 있다니. TV로 보던 장면 속에 내가 들어와 있다니.

한 치 앞도 모르는 게 인생이라지만, 불과 2, 3년 전의 내 삶과 현재의 삶은 닮은 구석이 전혀 없다고 봐도 무방할 만큼 변화해 있었다.

과거의 나는 잘할 수 있는 것만 해왔다. 실패를 두려워하고,

실패에서 얻는 상처를 못 견뎌 했다. 그러다 보니 새로 하고 싶은 일이 생겨도 소극적이었고, 실패가 두려워서 성공하지 못할 것 같은 일에는 절대 도전하지 않았다. 실제로 남편은 말했다.

"내가 아는 너는, 태어나서 한 번도 큰 실패를 해본 적이 없는 사람이야."

남들이 봤을 땐 탄탄대로를 달려온 것처럼 보일 수 있겠지만, 실은 해낼 수 있는 일만 시도해 왔을 뿐이었다.

세노테에 몸을 맡기는 일도 예전의 나라면 시도조차 해보지 않았을 것이다. '아무리 아름다운 곳이라고 해도, 사진으로나 보면 됐지 무슨 부귀영화를 누리자고 그 먼 데까지 큰돈 쓰고 고생하면서 직접 가야 해?' 하고 말이다.

하지만 실제로 만난 세노테는 환상적이었다. 깊은 바다 같기도 계곡 같기도 절벽 같기도 동굴 같기도 우물 같기도 했지만, 세노테를 표현할 수 있는 단어는 그저 세노테밖에 없는 것 같다. 이곳은 내가 태어나서 한 번도 겪어보지 못한 새로운 단어이자 새로운 세계였다.

세노테에 들어간 순간 과거의 나는 더 이상 존재하지 않는다는 사실을 깨달았다. 나도 모르는 사이 나라는 사람은 너무 나 많이 변화해 있었다. 도전에 따르는 결과보다 과정을 즐기 게 되었고, 비록 실패로 끝날지언정 그 과정에서 배우는 것들 이 성공했을 때 얻을 열매보다 인생에 큰 거름이 된다는 걸 알 게 되었다. 과거의 나는 안락한 도서관에서 텍스트로 세상을 배웠다면, 지금의 나는 온몸을 세상에 던져 직접 보고 느끼고 만지고 있었다.

정해진 틀 속에서 실패하지 않기 위해 애쓰던 내가, 달라진 삶에서 우연히 세노테를 만났다. 세노테는 기본적으로 사면이 벽으로 둘러싸인 구조다. 그동안 틀에 박힌 내 삶을 스스로 불 쌍히 여겼었는데, 세노테 안에서는 그렇지 않았다. 내게 세노 테는 닫힌 우물이면서 세상 밖이었다. 그 안에 갇혀 평화롭게 헤엄치는 물고기는 아름다웠다.

멀고 먼 이곳에 언제 다시 올 수 있을까? 생소한 그 어감처 럼 세노테는 다시 경험하기 힘든 곳이겠지. 하지만 나에게는 새롭다 못해 경이롭기까지 한 이곳도 멕시코인들에겐 그저 흔 하디흔한 동네 우물일 뿐이다. 이렇게나 색다른 세상이 있다 는 것을 알기 위해서 몇 년의 방황을 거쳐 비행기를 타고 지구 반대편까지 왔다.

세노테를 떠나 바에서 멕시코 향이 가득 풍겨오는 마르가리타를 마시며 남편에게 말했다.

인생 참 재밌다!

마음이 향하는 곳으로
발을 옮기는 삶

멕시코까지 간 여행자들의 여행 루트는 남미 방향으로 내려가는 게 일반적이다. 우리 역시 멕시코 여행이 끝나면 과테말라, 콜롬비아를 지나 페루, 볼리비아, 아르헨티나까지, 남미 여행을 하기로 암묵적으로 합의한 상태였다.

문제는 남미라는 미지의 땅에 그다지 마음이 동하지 않는다는 거였다. 모든 나라를 동선에 맞게 도장 찍듯 가야 하는 걸까? 머리로는 '멕시코까지 갔는데 남미도 가봐야지!' 했지만, 마음 한구석엔 여전히 뉴욕의 잔상이 남아 있었다.

여기서 네 시간만 가면 뉴욕인데…… 이미 한번 가본 도시가 두 달도 채 지나지 않아서 또 가고 싶어진 건 처음이었다.

우리 다시 뉴욕에 가면 안 될까?

남편에게 조심스레 말했다. 남편 역시 격하게 동의했다. 그간 표현은 안 했지만 불안정한 남미의 치안이 아내와 함께 가기엔 불안했던 모양이다. 물론 남미 여행자들은 그곳 역시 순박하고 인심이 넉넉한, 사람 냄새 나는 곳이라 말하고, 우리 역시 직접 가보면 그간의 걱정이 기우이자 편견일 뿐이었다는 걸 깨달을 수도 있다. 하지만 중요한 건 내 마음이 이미 뉴욕을 향해 있다는 사실이었다.

칸쿤에서 뉴욕까지는 비행기로 고작 네 시간 거리다. 하지만 천정부지로 솟아 있는 뉴욕의 물가가 큰 벽이었다.

일단 집을 먼저 찾아보자!

다시 뉴욕에 간다면 두 달 정도 살아보고 싶었다. 그러려면 예산에 맞는 집을 구해야만 했다.

뉴욕에서 단기로 집을 구하는 방법은 여러 가지가 있다. 우리는 그중 서블렛(Sublet) 방식으로 집을 구하기로 했다. 서블렛은 쉽게 말해 전대차 계약인데, 유학생이나 직장인이 집주인과 계약한 집을 방학과 휴가에 맞춰 다른 세입자에게 잠시 임대하는 방식이다. 뉴욕이나 캐나다처럼 렌트비가 비싼 도시에서 흔히들 집을 구하고 내놓는 방법이다.

우리는 한 달 이상 집 전체를 서블렛으로 내놓은 매물을 찾고 있었는데, 운이 좋게도 어느 한인 부부의 집이 꽤 저렴한 가격으로 올라와 있었다. 방 두 개에 거실과 주방이 있는 맨해튼 어퍼이스트의 아파트였다. 뉴욕 물가에 비해서도 저렴하게 나온 매물이라 망설일 이유가 없었다.

이거다!

집주인의 번호로 전화를 걸었다. 다른 집에 비해 저렴하다고 해도, 장기 여행자인 우리에겐 부담스러웠기 때문에 비용을 조정해 줄 수 없는지 양해를 구해볼 생각이었다.

전화기 건너편에서 30대 초반쯤 되는 것 같은 젊은 남성의 중저음이 들려왔다. 나는 그에게 우리의 상황을 간략하게 설명했고, 집주인은 아내와 상의해 보겠다며 긍정적인 반응을 보였다. 집주인은 뉴욕에서 회계사로 일하고 있는데, 아기가 태어나서 육아휴직을 하고 잠시 한국에 머무르는 중이라고 했다. 나중에 안 사실이지만, 그는 뉴욕에서 회계사로 일하기 전 긴 남미 여행을 하면서 고등학교 시절 스페인어 선생님의 고향이었던 볼리비아에서 잠시 살아볼 정도로 여행에 관심이 많았다.

그의 관심사와 우리의 삶이 닮아서였을까? 통화가 끝난 지 두어 시간이 흐른 뒤 집주인에게서 임대료의 일부를 조정해 줄 수 있다는 회신이 왔다.

뉴욕에 갈 수 있다!

짧은 뉴욕 여행을 하면서 언젠가는 꼭 한 달 이상 살아보자고 남편과 다짐 아닌 다짐을 했었다. 그런데 불과 몇 주 만에 다시 뉴욕, 그것도 맨해튼에서 살게 되다니 꿈처럼 느껴졌다.

뉴욕살이에 대한 기회비용은 남미 여행이다. 지구 반대편까지 가서 남미로 내려가지 않고 뉴욕으로 돌아가는 건 바보 같은 선택일 수도 있다. 하지만 왠지 이번이 마지막이 아닐 것 같다는 강한 확신이 들었다.

지금 당장 남미에 가지 않고 지구 반대편 한국에 돌아간다 해도, 볼리비아의 우유니 사막을 보러, 페루의 마추픽추를 보러, 아르헨티나에서 정열의 탱고 춤을 추러 언젠가 다시 긴 여행을 떠날 기회가 내 인생에 또 있을 거라는 기대 말이다.

이보다 더 좋을 순 없다

처음으로 뉴욕에 진짜 보금자리가 생겼다. 그간 에어비앤비에서 많이 살아봤지만, 이번 집은 달랐다. 여행자에게 임대하기 위한 집과 집주인이 실제로 살던 집은 하늘과 땅 차이였다.

맨해튼 어퍼이스트 어디쯤 위치한 아파트에 큰 배낭 두 개를 메고 들어갔다. 왠지 기분이 묘했다. 친구 집에 처음 방문했는데 친구는 없고, 나 홀로 집을 지키고 있는 기분이랄까. 남의 집에 무단침입한 침입자가 된 것 같기도, 〈기생충〉의 기택(송강호) 가족이 이런 기분이었을까 싶기도 했다. 에어비앤비의 물건이 게스트를 위한 공용 물품이었다면, 이 집의 물건들은 한국인 부부의 손을 탄 개인 소유였다. 타인의 추억이 깃든 집에서 우리의 이야기를 만들어갈 생각에 설렘으로 벅차기도,

두렵기도 했다.

짐을 풀고 비빔면 두 개를 허겁지겁 끓여 먹었다. 멕시코에서 뉴욕까지 네 시간의 비행과 혼잡했던 입국 심사, 낡은 지하철을 여러 번 갈아타고 이 집에 찾아오기까지 쌓였던 모든 긴장이 한꺼번에 풀리는 것 같았다.

다시 찾은 뉴욕은 여전히 활기찼다. 하얀 증기에 가려진 도로, 뉴욕의 명물 노란 택시, 쓰레기마저 영화 소품 같은 골목골목의 정취는 여전히 아름다웠다.

뉴욕의 색감은 오렌지빛이다. 주황색이라고 표현하기엔 단조롭고, 호박빛도 당근빛도 아닌 다홍과 주황 그 사이 어디 즈음에 뉴욕이 뿜어내는 고유의 색감이 있다. 지하철 안내 표지판, 상점 간판 그리고 가로등 불빛. 모든 게 오렌지빛과 닮아 있다.

뉴욕과 사랑에 빠진 여행자들에게 혹자는 뉴욕에 실제로 살아보면 차가운 현실을 마주하게 될 거라고 조언한다. 높은 물가와 세금 그리고 끝없이 오르는 주거비 등 여행자의 낭만과 거주자의 현실은 전혀 다르다고 말이다. 기껏해야 두 달이었지만, 내가 살아본 뉴욕은 거리의 노숙자가 되더라도 않다 행복해 죽을 것만 같은 도시였다.

외식을 하면 음식값의 20퍼센트인 기본 팁에 세금까지 더해져 메뉴판에 적힌 가격의 30퍼센트를 홀쩍 넘는 비용이 나가는 것이 여전히 적응되지 않기는 했지만, 외식보다 집밥을 선택했기에 큰 문제가 되지 않았다. 뉴욕의 장바구니 물가는 한국과 크게 다르지 않다. 오히려 질 좋은 소고기가 한국보다 저렴하고, 공산품은 한국 대비 비싸지만 신선식품은 한국 대형마트와 비슷한 수준이다.

남편과 나는 외출하고 집으로 돌아가는 길이면 언제나 마트에 들러서 장을 봤다. 맨해튼에는 크고 작은 마트가 많다. A마트는 유제품이 저렴하고, B마트는 육류의 질이 좋고, C마트는 다양한 와인을 파는 등 마트마다 특색이 확연히 달랐다. 그래서 어떤 날은 하루에 마트 서너 군데를 돌며 장을 본 적도 있다.

산책을 마치고 좋은 재료를 사서 집으로 가는 버스를 타면 세상을 다 가진 듯한 기분이 들곤 했다. 버스 창밖으로 빠르게 스쳐 지나가는 거리의 풍경과 다양한 인종의 사람들, 그리고 양손에 가득 들린 먹거리. 과연 이 이상의 행복이 세상에 존재할까.

지난날 관광객으로서 여행했던 때보다 두 달간 살면서 뉴욕을 더 사랑하게 된 것은 집 덕분이었다. 고단한 하루를 마치고 정갈한 호텔 침대에 누울 때보다, 가정집의 잔뜩 흐트러진 이불 속으로 들어갈 때가 더 행복했다. 멕시코식이나 미국식 도시락을 사 먹지 않고 한식을 해 먹을 생각에 귀갓길은 항상 신이 났다.

집 안에서의 나는 김밥을 말고 있는 영락없는 한국인이지만, 집 밖을 나서면 펼쳐지는 풍경은 오렌지빛 가득한 뉴욕이라니…… 문득 이런 생각이 들었다.

이보다 더 좋을 순 없다!

뉴욕의 색감은 오렌지빛이다.

주황색이라고 표현하기엔 단조롭고,

호박빛도 당근빛도 아닌, 다홍과 주황 그 사이 어디 즈음.

공간이 사람을 만든다

'뉴욕' 하면 비싼 물가가 떠오르지만, 뉴욕은 의외로 무료로 즐길 거리가 굉장히 많은 도시다. 누군가가 돈 한 푼 들이지 않고 즐기기에 가장 적합한 도시가 어디냐고 묻는다면, 고민 없이 뉴욕이라 말할 자신이 있을 만큼(물론 숙박비는 들겠지만).

뉴욕에는 한 달에 한 번, 혹은 일주일에 한 번 무료로 개방하는 박물관과 미술관이 있고, 여름에는 공원에서 영화를 무료 상영하며, 겨울에는 브라이언트 파크의 야외 스케이트장에 무료로 입장할 수 있다. 또한 겨울의 '브로드웨이 위크' 시즌에는 뮤지컬을 반값에 볼 수 있고, '레스토랑 위크'에는 팁과 세금이 부담스러운 사람들을 위해 특별 할인을 한다.

우리도 겨울에 머무른 덕에 엄두도 못 내던 유명 레스토랑

에도 가보고, 여러 미술관과 박물관을 입장료 없이 관람할 수
있었다.

그 외에도 사시사철 도심에 활력을 불어넣는 센트럴파크, 뉴
욕의 상징적 명소인 브루클린 다리, 버려진 철길을 공원으로
리모델링한 하이라인 등, 뉴욕은 튼튼한 두 다리만 있다면 돈
한 푼 없이 즐길 거리가 그 어느 도시보다 많다. 소비와 욕망
의 도시이기도 하지만, 돈 없이 누릴 수 있는 행복이 무엇인지,
그 공공의 행복을 위해 도시가 무엇을 해야 하는지 어디보다
잘 알고 있는 곳이기도 하다. 숙박비는 비쌌지만 집 밖에서 즐
길 거리가 다채로웠던 덕분에 만족도가 점점 높아져 갔다.

하루는 뉴욕 공립도서관에 갔다. 맨해튼에 있는 현대미술관
MOMA에 무료 입장하려고 예약해 둔 날이었다. 평소 미술에
문외한인지라 대표적인 작품 몇 개라도 공부해 가면 좋겠다
싶어 뉴욕 공립도서관을 찾았다.

뉴욕 공립도서관은 흔히 '도서관'을 떠올렸을 때 상상하는
이미지와는 다소 거리가 있다. 맨해튼 중심에서 브라이언트
파크까지 가는 길에 그리스 파르테논 신전을 닮은 건축물이
하나 있다. 건물의 계단 양옆에 〈라이온 킹〉에 나올 법한 사자
석상이 두 개 있는데, 이곳에서 수많은 관광객이 사진을 찍거

나 계단에 앉아 휴식을 취한다. 누구에게나 열려 있는 공간. 이 공간이 바로 뉴욕 공립도서관이다. 영화 〈섹스 앤 더 시티〉에서 캐리가 빅과 결혼식을 올리려던 장소도 바로 이곳이다.

미술품 공부를 핑계 삼아 뉴욕 공립도서관에 꼭 한번 들어가 보고 싶었던 이유는 3층 로즈 메인 리딩 룸(Rose Main Reading Room) 때문이었다. 뉴욕 공립도서관은 누구에게나 개방되어 있지만, 로즈 리딩 룸에 들어가려면 약간의 보안 절차를 거쳐야만 한다. 실제로 공부하거나 자료를 찾기 위해 방문한 사람을 위한 공간이다 보니, 단순히 사진을 찍고자 하는 관광객에게는 입장이 제한된다.

떨리는 마음으로 입구에 섰다. 입구를 막아서며 방문한 목적을 묻는 직원에게 가방 속 노트북을 보여주며 떨리는 목소리로 대답했다.

"나 공부하러 왔어!"

우려와 달리 입장은 순조로웠다. 입구를 지나 로즈 리딩 룸 내부로 들어가는데, 천장을 보자마자 입이 떡 벌어지며 '헉' 소리가 났다. 고풍스러운 샹들리에, 핑크빛 구름이 그려져 하늘에 붕 떠 있는 듯한 느낌을 주는 천장……. 〈해리 포터〉의 호그와트에나 있을 법한 장식을 보며 경외심이 들었다.

공간이 주는 힘은 실로 대단하다. 나는 그저 똑같은 '나'인데, 어떤 공간에 있느냐에 따라 나라는 사람의 본질이 완전히 달라지는 것처럼 느껴진다. 꼭 공간이 사람을 만드는 것처럼.

영화 〈킹스맨〉에는 "매너가 사람을 만든다(Manners maketh man)"라는 대사가 나온다. 여기서 중요한 점은 이 대사를 읊은 콜린 퍼스가 항상 깔끔한 정장을 입고 나온다는 사실이다. 그가 말하는 영국 신사의 이미지는 바로 그 정장에서 시작되었는데, '매너가 사람을 만든다'라는 대사가 사람들에게 무의식적으로 '옷이 날개다'로 해석되었던 건 바로 이런 이유가 아니었을까?

영국 하트퍼드셔 대학교 심리학과 교수 캐런 파인이 했던 재미있는 연구가 있다. 학생들에게 평범한 티셔츠와 슈퍼맨 티셔츠를 입힌 뒤 정신적 능력에 대한 테스트를 실시했는데, 슈퍼맨 티셔츠를 입은 학생들이 평범한 티셔츠를 입은 학생에 비해 더 높은 점수가 나왔다고 한다. 슈퍼맨 티셔츠를 입은 학생들은 그저 복장 하나만으로 스스로를 평소보다 더 자신감 넘친다고 평가한 것이다. 옷이 심리적인 부분에 영향을 준다는 이야기인데, 격식을 갖춰 입은 날에 언행이 조심스러워진 경험은 누구나 해봤을 것이다.

나는 '매너가 사람을 만든다', '옷이 날개다'라는 말처럼 '공간이 사람을 만든다'는 생각을 한다. 특히 이날처럼 영감을 주는 공간에 있을 때면 더욱 그렇다. 뉴욕 공립도서관에 있다 보니 아등바등까지는 아니더라도 몰입해서 치열하게 살고 싶어졌고, 현실에 충실하되 낭만을 좇는 사람이 되고 싶어졌다.

지난날 대학교 도서관을 드나들던 나는 뭘 하고 싶다는 생각이나 목표 없이 그저 직업이 필요해서 공부하던 사람이었다. 하지만 지금 나는 내 꿈이 무엇인지 알고, 그 꿈을 위해 이곳에 왔다. 뉴욕 공립도서관을 나서는 순간은 시험에서 높은 점수를 얻기 위해서가 아니라 오랫동안 찾고 싶었던 꿈을 만나는 순간이었다.

아직은 뿌연 안개가 자욱한 도로를 달리는 운전자지만, 어쩌면 이곳에서 그토록 바라던 대로 꿈과 돈을 함께 좇을 수 있는, 이상과 현실이 하나가 되는 그런 삶을 살 수 있지 않을까. 그런 작은 자신감이 생겨났다.

공간이 사람을 만드는 게 분명하다. 뉴욕은 꼭 슈퍼맨 티셔츠 같다.

아직은 뿌연 안개가 자욱한 도로를 달리는 운전자지만,

어쩌면 이곳에서 그토록 바라던 대로

이상과 현실이 하나가 되는 그런 삶을 살 수 있지 않을까?

✦

언제까지 여행만 하며 살 수는 없다

두 달간의 뉴욕살이를 마치고, 미국 기차 암트랙을 타고 뉴
욕에서 LA까지 미국 횡단 여행을 하던 때였다. 거대한 미국
땅 크기가 그제야 체감이 되었다. 짧게는 예닐곱 시간, 길게는
이틀을 꼬박 기차 안에서만 보내는 날이 잦았다. 한곳에 길게
머무르며 느릿느릿하게 여행하던 내게 잠자리가 매일 바뀌는
기차 횡단 여행은 체력적으로 힘에 부치기도 하고 고단한 순
간이 많았다. 하지만 빠르게, 때로는 느리게 달리는 기차의 창
너머로 바뀌는 풍경은 인상적이었다. 나는 광활하고 아름다운
대자연을 보며 뻔하지만 세상은 참 넓다는 걸 다시 한번 체감
했다.

2023년 2월, 기차여행의 출발지였던 뉴욕은 지독히도 추운

겨울이었다. 뉴욕에서 버펄로, 버펄로에서 시카고, 시카고에서 댈러스, 댈러스에서 샌 안토니오, 샌 안토니오에서 LA로…….. 어떤 날은 겨울이었다가 또 어떤 날은 봄이고 또 어떤 날은 지독히 더운 여름 날씨였다.

다음 목적지의 날씨를 예상할 수 없을 만큼 변화무쌍했던 기차여행은 매일이 새롭고 다채로웠지만, 그만큼 낯선 환경에 빠르게 적응해야 했다. 미국은 총 50개의 주로 이루어져 있는데, 한 주가 대부분 한반도보다도 크다. 기차여행을 하면서 하루 혹은 2~3일에 한 번씩 내가 밟고 있는 주가 바뀌었다. 사실상 매일 다른 나라로 비행기를 타고 이동한 것과 다를 바 없는 이동량이었다. 미국 기차여행은 그동안 집 없이 살아왔던 지난 몇 년을 농축시킨 압축본이었다.

바람이 매서웠던 북쪽 시카고에서 따뜻한 남쪽 텍사스주 댈러스까지 가기 위해 스물네 시간 넘게 기차 안에서 보내던 어느 날이었다. 풍경은 눈 덮인 산에서 끝없이 펼쳐진 푸르른 들판으로 바뀌고, 들판에 방목되어 풀을 뜯는 소 떼가 보이기 시작했다. 내가 앉아 있는 이곳이 기차 안이 아니라 영화관의 관객석인 것 같은 착각이 들었다. 한번 지나가면 다시 뒤로 감기할 수도 없고, 오로지 앞을 향해서만 나아가는, 조금은 특별한 영화를 상영하는 그런 영화관 말이다.

조금 지루해질 때면 잠들고, 다시 눈을 뜨면 또 다른 풍경이
펼쳐지는 매력적인 그 영화관에서 문득 그런 생각이 들었다.

'언제까지 여행만 하며 살 수는 없다.'

매일 잠을 자는 숙소와 밟고 있는 땅이 바뀌는 기차여행을
하면서, 어느덧 집이 없는 유랑 생활에 한없이 익숙해져 버린
나 자신을 발견했다. 익숙해진다는 게 나쁜 일은 아니다. 익숙
함은 안정감을 주고, 발전을 위한 발판이 되니까. 하지만 그때
나의 마음은 그렇지 않았다. 기차 안에서 광활한 풍경을 보는
동안, 곧 도착할 목적지에 대한 설렘으로 두근거리기보다는
한국에 돌아가면 하고 싶은 일들로 머릿속이 복잡했다.

지난날 집을 처분한 뒤 세계여행을 떠난 이유는 내가 진짜
하고 싶은 일이 무엇인지 발견하기 위해서였다. 하고 싶은 일
을 찾지 못한다면 하기 싫은 일을 하지 않는 것만으로도 의미
가 있다고 생각했기에 가능했던 도전이었다. 그렇게 물음표만
가득 안고 떠나온 이 길에서 나는 어쩌면 답을 찾은 것 같기도
했다. 아름다운 대자연을 보면서도 한국에 가면 해보고 싶은
일들로 머릿속이 가득 차 있는, 과거와는 전혀 다른 사람이 되

어 있는 나를 발견했다.

'한국으로 돌아가야겠다.'

유랑 생활이라는 여정에서 드디어 원했던 바를 찾았으니, 다시 한국으로 돌아가 새로운 일에 도전해야 할 때가 왔다. 집 없이 배낭 하나만 들고 세계를 떠도는 것이 과거의 도전이었다면, 이제는 정착이라는 도전이 지금의 내가 살아갈 방향이었다.

얼마 지나지 않아 우린 미국 기차 횡단 여행의 최종 목적지인 LA에서 한국으로 돌아가는 비행기표를 끊었다.

다시 가슴이 설레었다.

집 없이 배낭 하나만 들고 세계를 떠도는 것이

과거의 도전이었다면,

이제는 정착이라는 도전이 내가 살아갈 방향이었다.

취향이 있는 사람

하고 싶은 마음이 생기는 방향. 내가 가는 길이 옳다고 믿게
해주는 힘의 원천. 길게 설명할 필요 없이 그냥 딱 봤을 때 좋은
것. 우리는 그걸 취향이라고 한다. 취향에는 좋고 나쁜 것이
없다. 무엇이든 정답이 될 수 있다. 누가 뭐라 해도 내가 좋으면
그만이다. 나만의 개성을 찾아가는 것도, 좋아하는 사람을
닮아가는 것도, 취향이 없는 것도 취향이 될 수 있다.
-인프제 보라, 『생각을 끄는 스위치가 필요해』, 필름

흔히 처음 누군가를 만나거나 그 사람에 대해 깊게 알아가
고 싶을 때 어떤 취향인지, 관심사는 무엇인지 묻곤 한다. 나는
그런 질문을 받을 때마다 어떤 대답을 해야 할지 난감해하는

사람이었다. 딱히 뚜렷한 취향도, 관심사도 없었기 때문에 상대의 관심사에 대화의 방향을 맞춰주거나 공감해 주려고 노력하는 게 내가 할 수 있는 전부였다.

『생각을 끄는 스위치가 필요해』의 작가는 취향이 없는 것도 취향이 될 수 있다고 말했지만, 취향이 없어서 작아지는 입장에선 그건 결코 취향이 될 수 없었다. 취향이 없다는 사실은 마치 색칠 공부용 도안에 그려진 벌거벗은 캐릭터가 된 기분이었다. 나도 다른 사람들처럼 옷도 신발도 구두도 멋지게 색칠하고 싶은데, 도무지 어떤 색깔로 칠해야 할지 몰라 고민만 하고 있는 그런 상태.

취향이 없다는 건 생각보다 슬픈 일이다.

온라인 쇼핑몰에서 옷을 고를 때면 항상 베스트셀러 카테고리를 먼저 클릭했다. 많은 사람이 선택한 옷이 예쁜 옷이겠거니 하며 구매 버튼을 눌렀다. 모두에게 잘 어울리고 예쁜 옷이 세상에 있을 리가 없다는 걸 알면서도, 다수의 선택이 미(美)를 뜻한다고 믿고 싶었다. 그렇게 다수의 선택을 받은 베스트 아이템들은 내겐 잘 어울리지 않기 일쑤였다.

한번은 봄에 신을 운동화를 사기 위해 친구와 나이키 매장에 갔다. 알록달록한 신발 중 어떤 신발을 골라야 할지 몰라

멍하니 진열대를 바라봤다.

"○○이도 이거 신던데, 예쁘더라!

노란색 로고가 들어간 운동화 한 켤레를 가리키는 친구의 말을 듣자마자 나는 점원에게 말했다.

"저거 250 사이즈로 신어볼게요!"

점원에게 받아온 운동화에 내 발을 넣어봐도 여전히 나는 그 신발이 예쁜지 아닌지 판단이 되질 않았다. 그저 친구의 입에서 "예쁘다, 잘 어울린다" 등의 반응이 나오길 기다릴 뿐이었다. 그렇게 매장에서 사 온 나이키 와플 트레이너는 아직도 우리 집 신발장 깊숙한 곳에 들어가 있다. 친구가 예쁘다고 해서, 친구의 친구가 신는다고 해서 산 그 신발은 친구의 신발, 혹은 친구의 친구 신발이지 내 신발이 아니었던 거다.

옷이나 신발을 고르는 취향뿐 아니라 인생도 비슷했다. 꼭 정답지가 있는 것처럼 내 의지가 아니라 선생님, 부모님, 사회의 모범 답안대로 살아왔으니 말이다. 과거의 내가 '나'에게 너무 무관심했다는 사실을 서른이 훌쩍 넘어서야 깨달았다. 영어 단어를 외우고, 수학 문제를 풀고, 수많은 시험을 치르면서 정작 나 스스로에 대해선 알아볼 생각조차 하지 않았다.

하지만 몇 년간의 유랑을 마치고 한국에 돌아와 정착한 지금, 나는 놀랍게도 취향이 너무도 뚜렷한 사람이 되어 있었다. 아무런 색깔 없이 벌거벗은 캐릭터로 떠났던 과거와는 달리, 내가 좋아하는 색깔과 내게 어울리는 색의 색연필들을 손에 잔뜩 움켜쥐고 어떻게 시작하면 좋을지 생각하느라 설레는 전혀 다른 사람으로.

집을 떠난 매일은 선택의 연속이었다. 어떤 숙소에서 하루를 보낼지, 어떤 음식을 먹을지, 어디를 갈지……. 수많은 순간 오직 스스로를 위한 선택을 해오면서 내 취향이 무엇인지, 나라는 사람은 어떤 환경 속에서 행복한지를 나도 모르는 사이 하나씩 배워왔다.

이제 나라는 사람을 조금 알 것만 같다.

고무줄 바지에 헐렁한 티셔츠를 즐겨 입고, 아무리 예뻐도 무거운 가방은 싫어하며, 화장기 없는 맨얼굴에 모자 하나를 푹 눌러쓰고 특별한 목적지 없이 유유자적 걷기를 좋아하는 사람.

그게 내 취향이다. 내 취향은 평범하지만 특별하다. 수없이 흔들리고 좌절하고 무너진 끝에 알게 된 삶의 소중한 보석이다. 취향을 안다는 건 나를 더 나답게 만드는 일이다.

나만의 취향을 가진 온전한 나로 살아간다는 것이야말로 진
정한 해방이고 자유다.

내가 살고 싶은 유토피아

나의 향수병은 언제나 음식에서 오곤 한다. 음식이 입에 맞지 않는 나라에서는 늘 한식 금단현상으로 힘들었다. 어느 나라든 수도나 한국인이 많은 도시에는 한식당이 있고 마트에서 한식 재료도 팔지만, 조금만 외곽으로 빠진 소도시에서는 그렇지 않은 경우가 많았다.

그런데……! 미국에서는 아무리 작은 소도시에서도 한식당과 한식 재료를 찾기가 어렵지 않았다. '여기에도 한식당이 있단 말이야?'라는 생각이 들 정도로. 그때부터 나의 미국 사랑은 시작되었던 것이다.

미국은 워낙 넓어서 같은 나라임에도 주마다 전혀 다른 풍경과 날씨가 펼쳐진다. 당연히 그에 따라 문화나 정서도 다르다. 서부에서 나고 자란 사람이 동부에서 나고 자란 사람을 볼 때 느끼는 이질감은 거의 외국인을 볼 때나 마찬가지이지 않을까?

다양성은 미국 문화에서 가장 중요한 키워드다. 태평양 건너 아시아 국가인 한국의 음식도 그 넓은 땅에서 살아남을 수 있을 정도로. 미국인에게 'Korea'라는 이름을 말하면 과연 몇 명이나 우리나라를 제대로 알고 있을지 궁금하지만, 확실하게 말할 수 있는 것은 미국 어디를 가도 한식당을 쉽게 만날 수 있다는 것이다. 그들이 잘 알지도 못하는 문화가 그 땅에서 자생할 수 있을 만큼 다양성은 미국에서 가장 중요한 가치인 듯하다.

이런 다양성 때문인지 미국에서는 정체불명의 자유로움이 느껴진다. 대도시를 제외하고는 사람들이 아파트나 빌라보다는 각기 다르게 생긴 주택에 살고 있으며, 다양한 인종이 다양한 언어를 구사하기 때문인지 타인에게 딱히 큰 관심이 없다. 누군가가 날 어떻게 생각하는지보다, 내가 어떤 사람인지 '나' 자체에 집중하는 느낌이랄까. 그러다 보니 '다름'을 '틀림'으로 바라보는 시선이 약하다는 느낌을 받았다. 모든 것이 틀리지 않고 다르다.

여러 곳을 여행하면서 내 가치관과 취향을 깨달은 뒤로 내가 살고 싶은 유토피아를 그릴 수 있게 되었다. 나는 다양성이 살아 있는 동네에 살고 싶다. 이를테면 집 밖을 나서면 바로 앞 골목에 개성과 전통 있는 노포들이 즐비해 있는 동네. 맛이 획일화된 프랜차이즈보다 개인이 개성을 담아 운영하는 가게들이 많은 곳 말이다. 인스타에서 핫한 유행을 따라 인테리어를 꾸리고 유행에 따라 스러지는 그런 가게가 아닌, 주인 한 명의 총체를 담은 분위기 있는 상점들이 거리에 갤러리처럼 전시되는 동네에 살고 싶다.

또한 그곳을 찾는 사람들이 다국적이었으면 좋겠다. 한국인, 미국인, 유럽인, 아프리카인, 아시아인 등…… 서로 다른 언어를 쓰지만 서로를 배려하는 사람들 속에 익명의 얼굴로 끼어 앉아 있고 싶다.

다양성은 남은 내 삶에서 지표로 삼고 싶은 키워드 중 하나다. 살아 있는 사람의 수만큼 정답이 있음을 잊지 않고, 타인의 정답을 존중하며 살고 싶다.

✦

파랑새는 내 안에 있었다

파랑새 증후군이라는 말이 있다. 모리스 마테를링크의 동화 《파랑새》에서 이름을 딴 증상인데, 현재 상황이나 일에는 흥미를 못 느끼면서 미래의 막연한 행복만을 추구하는 병적인 증세를 뜻한다.

동화 《파랑새》에서 남매 틸틸과 미틸은 아픈 딸을 위해 파랑새를 찾아와 달라는 요정의 부탁을 받고 파랑새를 찾아 모험을 떠난다. 하지만 아이들은 결국 파랑새를 찾지 못하고 집으로 돌아온다. 그러고는 자신들이 집에서 키우던 새장 속의 회색 비둘기가 파랑새였음을 깨닫는다.

"저걸 봐, 우리가 찾고 있던 파랑새야! 지금껏 수많은 곳을 헤매고 다녔는데, 파랑새는 내내 여기에 있었던 거야!"

저자는 이 이야기를 통해 행복은 멀지 않은 곳에 있다는 메시지를 던진다.

과거에 나는 내 곁의 파랑새를 찾지 못하고, 막연하게 어딘가에 파랑새가 있을 거라고 생각하며 살아온 사람이었다. 하고 싶은 일과 하고 있는 일과의 괴리, 현실과 이상의 차이는 일상 속 행복이나 작은 기쁨을 무시하게 만들었다.

원하든 원치 않든 우리는 일정한 환경의 틀 속에서 살아간다. 수레바퀴처럼 끊임없이 돌아가는 일상 안에서 사소한 기쁨을 계속해서 외면한다면, 어쩌면 우린 어떻게 살면 좋을지, 왜 살고 있는지도 모른 채 파랑새를 찾아 평생을 헤매고 다녀야 할지도 모른다.

사람들은 안정적인 직업을 갖고 있던 내가 어쩌다 세계를 유랑하게 되었는지 궁금해한다. 나는 파랑새를 찾고 싶었다. 파랑새는 한국에서 정착 생활을 하던 내게 저 멀리 지구 반대편 어딘가에 존재할 것만 같은 머나먼 이상이었다.

그래서 파랑새를 찾았느냐고?

내가 찾은 파랑새는 새장 속 비둘기처럼 내 곁에 가둬둘 수 있는 존재는 아니었지만, 언제든 내가 원한다면 찾아갈 수 있는 가까운 곳에 있었다. 나에게 파랑새는 '새로운 도전', 그리고 '성취'였다.

　집을 처분하고 세계 이곳저곳을 떠돌기로 했던 도전, 교사 일을 그만두고 여행 유튜버가 되어 전업 크리에이터로서 인정받는 것. 나와는 전혀 다른 세상 이야기라고 여겼던 분야에 도전해서 성취를 이뤄내는 일. 그게 나의 파랑새였다.

　우리는 살면서 '만족'이라는 결승선을 향해 끊임없이 달려간다. 한 번에 결승선에 도착하면 좋겠지만, 만족의 기준에는 끝이 없기 때문에 아이러니하게도 달리면 달릴수록 그 결승선은 조금씩 멀어진다.

　그 과정에서 포기하고 주저앉아 버렸을 때, 현재의 삶에서 더 이상 기쁨을 발견하지 못하고 막연히 멀리 있는 행복만을 원하게 된다. 과거에 레이스를 포기하고 주저앉았던 내가 다시 일어나 뛸 수 있게 만들어준 것이 바로 유랑 생활이었다.

　행복을 찾아 떠난 여행길을 돌고 돌아 나는 결국 다시 내가 있던 곳, 한국으로 돌아왔다. 5년간의 유랑 생활을 돌이켜 보니 좌절했던 순간도 있었지만, 실패로부터 얻은 교훈은 성공의 기쁨보다도 훨씬 좋은 자양분이 되었다. 다시 시작된 정착생활은 삶의 형태만 보면 과거와 하나도 변하지 않은 것 같지만, 실은 모든 것이 달라져 있다. 이제는 더 이상 오늘 밤 묵어갈 집을 구하지 않아도 되고, 어떤 물건을 배낭에 넣고 어떤 물건을 버려야 할지 고민하지 않아도 된다.

이 모든 것에 감사할 줄 아는 마음이 바로 파랑새였다. 그리고 성취하는 기쁨을 스스로 만들어가는 것이 바로 파랑새였다. 다시 돌아온 정착 생활에서 나는 이번에도 결과가 어떻게 될지 모르는, 그래서 더 새롭고 설레는 도전을 시작하려고 한다. 또 다른 파랑새를 찾아서.

이 모든 것에 감사할 줄 아는 마음이 바로 파랑새였다.

성취하는 기쁨을 스스로 만들어가는 것이

바로 파랑새였다.

유랑하는 자본주의자

초판 1쇄 발행 2024년 10월 23일
초판 2쇄 발행 2024년 10월 24일

지은이 임현주
펴낸이 김선식

부사장 김은영
콘텐츠사업본부장 임보윤
콘텐츠사업2팀장 김보람   **콘텐츠사업2팀** 박하빈, 채윤지, 김영훈
마케팅본부장 권장규   **마케팅2팀** 이고은, 배한진, 양지환   **채널팀** 권오권, 지석배
미디어홍보본부장 정명찬
브랜드관리팀 오수미, 김은지, 이소영, 박장미, 박주현, 서가을
뉴미디어팀 김민정, 이지은, 홍수경, 변승주   **지식교양팀** 이수인, 염아라, 석찬미, 김혜원
편집관리팀 조세현, 김호주, 백설희   **저작권팀** 이슬, 윤제희
재무관리팀 하미선, 임혜정, 이슬기, 김주영, 오지수
인사총무팀 강미숙, 김혜진, 황종원
제작관리팀 이소현, 김소영, 김진경, 최완규, 이지우, 박예찬
물류관리팀 김형기, 김선민, 주정훈, 김선진, 한유현, 전태연, 양문현, 이민운

펴낸곳 다산북스   **출판등록** 2005년 12월 23일 제313-2005-00277호
주소 경기도 파주시 회동길 490
대표전화 02-704-1724   **팩스** 02-703-2219   **이메일** dasanbooks@dasanbooks.com
홈페이지 www.dasanbooks.com   **블로그** blog.naver.com/dasan_books
종이 신승지류   **인쇄** 민언프린텍   **제본** 평창피엔지   **후가공** 다온바인텍
ISBN 979-11-306-4867-5 (03810)

다산북스(DASANBOOKS)는 책에 관한 독자 여러분의 아이디어와 원고를 기쁜 마음으로 기다리고 있습니다.
출간을 원하는 분은 다산북스 홈페이지 '원고 투고' 항목에 출간 기획서와 원고 샘플 등을 보내주세요.
머뭇거리지 말고 문을 두드리세요.